アンリ・マティス『踊り（Ⅱ）』

　5人の人物が裸体のまま円陣を組み、踊る。何かを祈願し、何かを引き寄せるように。

　その何かとは、失われた／来たるべき全体性かもしれない。呪術のように、5人は踊る。

（「あとがき」参照）

まえがき――モダニズムをめぐるエスキス（1）

　『モダニズムの軌跡』と銘打ったが、目次を見ていただければ分かるとおり、20世紀前半の英国作家、とりわけヴァージニア・ウルフの主作品を論じ、続けて彼女の周辺にいるE. M. フォースター、D. H. ロレンス、T. S. エリオットを少し取り上げたに過ぎない。いくつもある「軌跡」のひとつに過ぎないのである。

　「モダニズム」は汎世界的である。世界が西欧化―資本主義的生活、都市化など―していく流れの一側面が、モダニズムの世界的拡散ではないか、という議論もある。[1] しかし、それぞれの国・地域の「モダニズム」は微妙な差異を伴っている。例えばクンデラの言。フランスのモダニズム―反理性的・反古典的・反現実的・反自然主義的―は、とりわけ詩の領域、ボードレールやランボーの延長線上に花開く。一方、中欧のモダニズムは小説の領域で起こり、陶酔的・非現実的・感傷的伝統に対抗し、分析と明晰さと皮肉を目指す。[2] だから、精確にはモダニズムズなのだろう。

　と、当たり前のように「モダニズム」という語を使ってきた。が、西欧に限っても「モダニズム」の厳密な定義は、実のとこ

---

(1)　Laura Winkiel, *Modernism: the basics*（New York: Routledge, 2017）p.15.
(2)　Milan Kundera, *The Curtain: An Essay in Seven Parts*, trans. Linda Asher（New York: Harper Perennial, 2005）p.49.

ろ難しい。フランク・カーモッドは、「モダン文学、モダン美術、モダン音楽が意味するところは、概して皆が知っている。そういった語は、ジョイス、ピカソ、シェーンベルクあるいはストラヴィンスキーのことを言うのだ」と述べる（第7章参照）。

　私の考えでは、少なくとも3名には共通点がある。3名とも、スタイルを変えていくのだ。ピカソはキュビズムの絵があまりに有名だが、それ以前「青の時代」・「薔薇色の時代」の作品は写実的だし、アフリカ彫刻に影響を受けてあの『アビニョンの娘たち』（1907）にたどり着く。キュビズム確立後も、ルネサンス・バロック美術を受容した「新古典主義」、さらには「シュルレアリスム」と、画風をどんどん変えていく。ストラヴィンスキーは、音楽の教科書で言及される『春の祭典』（1913）が知られている。「原始主義」などと称される、野性的なリズムと不協和音を多く含んだ作品だが、これに至る前、彼はまず「印象主義」から出発し、『祭典』後（ピカソと並行するように）バロック音楽（あるいはそれ以前の音楽）を模した「新古典主義」ものを創作し、最後は（それを否定した時期もあった）十二音技法にまで手を出す。（シェーンベルクにしても、「音楽の全世紀を見渡し、音楽の全歴史の価値体系を再＝考、再＝構成することを望んだ」一人だ。[3]）そしてジョイスは、言わずと知れた『ユリシーズ』（1922）で、英語文体の歴史を巡る。（ヴァージニア・ウルフも、作品を生み続ける中で文体を変化させる。）

　長らく使用されてきた様式・モード（mode）がくたびれて古くなり、その新型（modern）が必要となった。深刻に言え

---

(3)　ミラン・クンデラ、『裏切られた遺言』、西永良成訳、集英社、1994年、89頁。

ば「表象の危機」か。（とはいえ、これは基本的には欧州芸術に限った話かもしれない。欧州小説史を視界に入れなければ、クンデラが言うように、ジョイスの『ユリシーズ』は狂人による、理解不能な言葉の氾濫になってしまう。[4] ピカソのキュビズムにしても、欧州美術の歴史を見渡したときに意味を持つ。東洋の民は、彼の絵を無闇にありがたがる必要はないのだろう。）

かつては強靭だったモードの代替形を完成させるべく、ジョイス、ピカソ、ストラヴィンスキーらモダニストは試行錯誤を繰り返す。真摯に、ひょっとしたら「学校を抜け出した子供たちの喜び」[5] をもって。

ある種の普遍性を敢えて「モダニズム」に見出すとしたら、その構え、世界認識の側面が一つあるだろうか。どういうことか。

養老孟司は、感覚所与と意識を対立させながら議論する。例えば、動物は感覚所与として絶対音感を持っている。ヒトは言語を用い、太郎という子は父がダミ声で「太郎」と言っても、母がソプラノで「太郎」と呼んでも、自分のことと分からねばならない。感覚所与として得られる音程の差異よりも、言語を操る意識は意味の同一性を優先するのである。そしてヒトは絶対音感を失っていく。[6]

フッサールは「対象そのもの」と区別して、対象について「意味的に把握されたもの」を「ノエマ」と呼ぶ。（また、「ノエマ」を志向する意識のあり方、「意味的に把握しつつある能作」は

---

(4)　Kundera, op. cit., p.167.

(5)　オルテガ・イ・ガセット、『大衆の反逆』、岩波文庫、[1930] 2020 年、96 頁。1920 年代西欧の時代感情が、これに似ていると言う。

(6)　養老孟司、『遺言。』、新潮新書、2017 年、20-23 頁参照。

「ノエシス」と呼ばれる。）[7]

　感覚所与と意識の対応関係、対象そのものとノエマの対応関係が、時にうまくいかなくなる。対象に対し、新たなノエシスを通じて、新たなノエマ・新たな解釈・新たな表象が必要となる。

　2020 年 4 月、「abc 予想」と呼ばれる数学上重要な未解決問題を、望月新一博士が「宇宙際タイヒミューラー理論」によって証明した、というニュースが流れた。ただでさえ門外漢である筆者は、まだ多くの数学者が理解できないと言うその理論に分け入るべくもない。が、ほんの僅か、学んだことが以下。

　数学は違うものを同じと見なすことで誕生した、と考えられている。例えば、リンゴが三つと、杭に 3 回巻かれたロープ。この二つは全く異なる。しかし人類は、歴史が始まる遥か前に、この二つに「全く同じ」と思える共通点を見つけ出す。「3」という抽象的な概念の発見。数学はこうして始まった。アンリ・ポアンカレ曰く、「数学とは異なるものを同じと見なす技術である」。しかし望月博士の理論は、この「異なるものを同じと見なす技術」を問い直すものであるらしい。[8]

　同一性から始める数学が、再び差異に直面する。同一性と差異、これはデリダ的問題でもある。「描写されるもの」（対象）と「描写するもの」（ノエマ）、その間の差異あるいは対応関係に、モダニズム芸術は敏感だった。

(7)　内田樹、『レヴィナスと愛の現象学』、文春文庫、2011 年、121 頁。
(8)　『NHK スペシャル』2022 年 4 月 10 日放送「数学者は宇宙をつなげるか？：abc 予想証明をめぐる数奇な物語」、そのまとめ記事を参照。
https://www.nhk.jp/p/special/ts/2NY2QQLPM3/blog/bl/pneAjJR3gn/bp/pzwyDRbMwp/

　本書の内容についてだが、筆者は理論隆盛の時代に学生生活を送った身であるので、理論のアクロバットと思われる面があるかもしれない。また、ヴァージニア・ウルフの作品には様々な読みが既に存在するため、少々奇論に見えるのは覚悟で、執筆したものもある。

　第1章は『ジェイコブの部屋』論。断片を集積する形で作品が作られている。それに倣って、筆者も断片を重ね、スケッチ風のエッセイを認めた。

　第2章・第3章では、『ダロウェイ夫人』をマルセル・モースの贈与論を用い、その解釈の可能性を追った。

　第4章・第5章では、主に柄谷行人を経由した他者論で『燈台へ』の新たな読みを試みた。「燈台」を他者のメタファーとして。

　第6章では、ジュリア・クリステヴァによる記号象徴態 (the symbolic) / 原記号態 (the semiotic) の理論を使い、『波』の文体について考察した。クリステヴァとウルフの親和性については1980年代後半ウルフ研究者が気づき始めており、私よりも早くマキコ・ミノウ゠ピンクニィが優れた研究書を著していた。生意気にもそれに対抗しようと腕をまくった記憶がある。ミノウ゠ピンクニィには感謝している。

　第7章。対象とノエマの対応関係が著しく損なわれたとき、対象が意味を剥ぎとられ、いわば裸形で現出する。その状態を「無媒介」という語で捉え、E. M. フォースターと D. H. ロレンスの短編に、無媒介への果敢な志向とそれがもたらす戦慄や暴力性を読んだ。(サルトルの「嘔吐」で、ロカンタンは公園にある木の根元で吐き気を催す。木が裸形で、無媒介に現れたためである。)

　第8章は、T. S. エリオットとマルティン・ハイデガーという、年齢が一つ違いの詩人と哲学者の作品を比較し、ためらう / 決

断する身振りがもつ意味を考えた。決断、それは断片性から全体性への志向となり、ファシズムに絡めとられる契機となりうる。

　本書は勿論、筆者による研究の軌跡でもある。

目次

Ⅱ部

I 部

『ジェイコブの部屋』を
めぐるエスキス

1

　1922 年は annus mirabilis と呼ばれ、文学史的には記念すべき年である。ジェイムズ・ジョイス（James Joyce, 1882-1941）の『ユリシーズ』（*Ulysses*）と T. S. エリオット（T. S. Eliot, 1888-1965）の『荒地』（*The Waste Land*）が発表されるのだ。そして同じ年、ヴァージニア・ウルフ（Virginia Woolf, 1882-1941）は『ジェイコブの部屋』（*Jacob's Room* [1]）を世に問う。

　主人公のジェイコブ・フランダースは、ウルフの兄トービー・スティーヴン（Thoby Stephen）がモデルと言われる。トービーは 1906 年、弟のエイドリアン（Adrian）、姉ヴァネッサ（Vanessa）、そして妹ヴァージニアとギリシアに旅行した。（ジェイコブも同じようにギリシアを旅する。）しかし、彼はロンドンに戻ってから腸チフスに罹り、26 歳でこの世を去る。ヴァージニアの悲しみは深かった…。[2]

　ともあれ、ウルフは『ジェイコブの部屋』を書き終えて、日記に記す、「どう自分の声でものを言いはじめたらいいか（齢四十にして）見つけた」[3]と。

---

(1)　Virginia Woolf, *Jacob's Room*（Oxford: Oxford Unversity Press,［1922］1992）を底本とした。以降、*JR* と略す。

(2)　Quentin Bell, *Virginia Woolf: A Biography*（New York: A Harvest / HBJ Book, 1972）, pp.107-113.

「自分の声」、それはひとつには女性に与するものである。た
とえば、語り手の視界は、主人公の母ベティ・フランダースの
それを自然に延長したものだ、とある学者は言う。[4] 確かに、
ジェイコブとフロリンダが寝室で交わっているとき、ドアの
外、広間にあるテーブル、その上に置かれたベティからの手紙
に言及する語り手の声は、母親の立場に感情移入を始める。

But if the pale blue envelope lying by the biscuit-box had the
feelings of a mother, the heart was torn by the little creak, the
sudden stir. Behind the door was the obscene thing, the
alarming presence, and terror would come over her as at
death, or the birth of a child. Better, perhaps, burst in and face
it than sit in the antechamber listening to the little creak, the
sudden stir, for her heart was swollen, and pain threaded it.
(*JR*, 124)

　また別の学者が評するように、語り手は皮肉屋でもある。[5]
(どうやらホモセクシャルらしい) リチャード・ボナミーの、
親友ジェイコブへの過剰な思い入れに、語り手は辛辣な言葉を
浴びせる。

'Urbane' on the lips of Jacob had mysteriously all the

(3)　1922 年 7 月 26 日付の記載。Virginia Woolf, *The Diary of Virginia
Woolf, II (1920-1924)*, ed. Anne Olivier Bell and Andrew McNeillie
(London: Hogarth, 1978), p.186.

(4)　Sara Ruddick, 'Private Brother, Public World', in Jane Marcus (ed.)
New Feminist Essays on Virginia Woolf (London: Macmillan, 1981), p.198.

(5)　Alex Zwerdling, '*Jacob's Room*: Woolf's Satiric Elegy' in *Virginia Woolf
and the Real World* (Berkley: University of California Press, 1986), pp.70-
71.

shapeliness of a character which Bonamy thought daily more sublime, devastating, terrific than ever, though he was still, and perhaps would be for ever, barbaric, obscure.

What superlatives! What adjectives! How acquit Bonamy of sentimentality of the grossest sort; of being tossed like a cork on the waves; of having no steady insight into character; of being unsupported by reason, and of drawing no comfort whatever from the works of the classics? (*JR*, 229)

　女性に与して皮肉も嗜む語り手が、ジェイコブ・フランダースの物語を紡ぐ。いや、紡ぐというより、断片を積み重ねていく。

2

　語り手が語るのはジェイコブ・フランダースの短い生―スカーバラでの子供時代、ケンブリッジでの学生生活、女性たちとの戯れ、イタリアを経由してギリシアへの旅行、そして第一次大戦での死―である。語り手は短い節―たった1行から数頁にわたるものまで―を積み重ねながら、きわめて断片的に彼の生を報告する。（断片性は、モダニズムの一特徴だ。）しかし、ジェイコブの内面が語られることはきわめて少ない。そして今、「彼の生を報告」と言ったが、「彼の生を暗示」とした方が実状に近いかもしれない。

　場面はすばやく簡潔に描かれ、深く陰影を刻み込まれることはない。登場人物間の主たる関係はさらりと仄めかされるだけで、場面の選択は日常生活から無作為に行われたかのようだ。ケンブリッジの学監との昼食会、大英博物館で過ごす一日、友人との散歩...。出来事は起こっても発展的に述べられず、それ

が重大さを付与されることはない。また場面と場面のつながりにも、さして必然性が見られるわけではない。(『ジェイコブの部屋』におけるスケッチ風の語りは、同時代の読者には、即興演奏を旨とするジャズや、スナップショット写真を連想させた[6]。)

3

『ジェイコブの部屋』には、虫に言及するくだりがある。

...If you stand a lantern under a tree every insect in the forest creeps up to it — a curious assembly, since though they scramble and swing and knock their heads against the glass, they seem to have no purpose — something senseless inspires them. (*JR*, p.39)

The pale clouded yellows had pelted over the moor; they had zigzagged across the purple clover. The fritillaries flaunted along the hedgerows. The blues settled on little bones lying on the turf with the sun beating on them, and the painted ladies and the peacocks feasted upon bloody entrails dropped by a hawk. Miles away from home, in a hollow among teasles beneath a ruin, he had found the commas. He had seen a white admiral circling higher and higher round an oak tree, but he had never caught it. (*JR*, 27)

---

(6) W. L. Courtney, 'review, *Daily Telegraph*' and 'Unsigned review, "Dissolving Views", *Yorkshire Post*', in Robin Majumdar and Allen McLaurin, (eds.) *Virginia Woolf: The Critical Heritage* (London: Routledge & Kegan Paul, 1975), p.105, p.107.

　虫の無目的に思える動きのように、『ジェイコブの部屋』では、語りの視点があちらへ、こちらへと移動する。

　英語などの主語を明確に立てる言語は、「神の視点」からものを言う、と金谷武洋は批判する。それに対し、主語がなくても成立する日本語は「虫の視点」をもつ、と称揚する。

　日本語をテーマとして、池上嘉彦を講師に迎えたテレビ番組を、金谷は引き合いに出す。川端康成の『雪国』の有名な冒頭——「国境の長いトンネルを抜けると雪国であった」。これをE. サイデンステッカーが英訳すると、'The train came out of the long tunnel into the snow country.' となる。日本語を常用する者なら、原文を読めば、主人公が汽車に乗っているのは明らかである。そして読む者は、主人公の行動を同じ目の高さで追体験するだろう。これに対し、英訳の場合はどうか。番組では数人の英語話者を招いて、この英文から思い浮かぶ情景を絵に描かせた。汽車の中からの情景を描いた者は皆無で、全員が上方から見下ろしたアングルで、トンネルから列車が頭を出す様を描いたそうである。明らかに、話者の視点は「汽車の外」にあるだろう。

　原文では汽車の中にあった視点が、英訳では汽車の外、それも上方へ移動している。これが「神の視点」。鳥類のように、上方から眼下を俯瞰する。一方、主語のない原文にある視点は、地面を這って進む昆虫のそれに喩えられる。「虫の視点」である。

　金谷によれば、「われわれは世界の中で生まれ、世界の中で働き、世界の中で死に行く」——ハイデガーの「世界内存在」を連想させる（筆者）——と言う西田幾多郎は、「虫の視点」に身をおいている。そして西田は、西洋哲学のように人為的・抽象的に「世界の外から世界を見る」ことに反対したが、これは「神の視点」に対する批判である。

神の視点は不動だが、虫の視点は動く。⁽⁷⁾

　もちろん『ジェイコブの部屋』は「神の視点をもつ」英語で書かれているわけだが、視点が絶えず動き、「神の視点」に揺さぶりがかけられる。この小説の場合、虫は羽虫、蝶か蛾であろうか。軽やかに迅速に、視点は移動する。語り手が描写し、ジェイコブが追いかける蝶は、空中を疾走し、ジグザグを描き、ひらひらと飛ぶ。休んではまた飛びたち、ときに円を描く。その様は視点の動きに相似している。

　たとえば、14 頁から 20 頁までの一節。語り手はまず果樹園で、ベティ・フランダースがキャプテン・バーフットを探して、道路沿いに目をやる姿に視線を当てる。それから夏の日に、彼女が男の子たちを亡夫の墓へ連れていった過去へと話が及ぶ。（視点は、時間軸上をも移動する。）亡き夫シーブルックへの思いに浸る彼女。教会の鐘の音で再び現在に戻り、長男アーチャーが「僕のナイフ欲しくない？」と寄ってくる。その親子を見る、クランチ夫人、ページ夫人、ガーフィット夫人。彼女たちに視点はいったん移るが、果樹園の門をあけ、ドッズ・ヒルの頂上へとのぼるベティに、また戻る。彼女は末っ子のジョンの手をひき、アーチャーとジェイコブが、彼女の前後を行きつ戻りつしながらお供する。頂上に着くと、市全体と海の眺望が開けた。語り手の眼が市内をめぐる。タールの匂いがする遊歩道、車をひく山羊、うまく設計された花壇。「ジョージ・ボアーズ船長が巨大な鮫を捕らえた」と書かれた広告板に、その眼が止まった。これをきっかけに、視点は再び時間をさかのぼり、ベティが水族館に行ったときの情景が語られる。案内人、鮫、集った人々、楽隊の演奏...。桟橋の手すりに寄りかかった

---

(7)　金谷武洋、『英語にも主語はなかった：日本語文法から言語千年史へ』、講談社選書メチエ、2004 年、22-98 頁参照。

若者に語り手の視線が留まる。彼は婦人のスカートに眼を遣りながら、なんと、スカートの歴史に思いを馳せ始める。1890年代、70年代、60年代...。彼の中で、また時間は遡られていく。そして節の最後に、「さてと、スカーバラで次に観るとしたら、何かしら」とベティの一言。彼女に視点は回帰するのである。

　『ジェイコブの部屋』は、1行のものから数頁にわたるものまで、無数の節が積み重ねられて出来ている。節と節の間は、3行分ほどの空白で仕切られる。節から節への移行も、広い意味では視点の移動かもしれない。

　単純な図式化をおそれずに言えば、不動の神の視点は男性的、虫のように動く視点は女性的であろう。

4

　『ジェイコブの部屋』の英文を読んでいると、その文がもつ、ある種の「呼吸のはやさ」を感じることがある。荒川洋治は詩の言葉を論じるなかで、「行分けには、作者その人の呼吸の仕方がそのまま現れる」と言う。[8]『ジェイコブの部屋』は行分けなどない散文から成るが、文章は詩的である。独特のリズムがある。リズムもまた、詩のもつ特徴のひとつであり、「作者その人の呼吸の仕方」を伝えるものではないだろうか。

　語り手は大都会ロンドンの喧噪を、ドラムとトランペットが鳴っている、と表現する。

Indeed, drums and trumpets is no phrase. Indeed, Piccadilly and Holborn, and the empty sitting-room and the sitting-room

---

(8)　荒川洋治、『詩とことば』、岩波書店、2004年、8頁。

with fifty people in it are liable at any moment to blow music into the air. Women perhaps are more excitable than men. It is seldom that anyone says anything about it, and to see the hordes crossing Waterloo Bridge to catch the non-stop to Surbiton one might think that reason impelled them. No, no. It is the drums and trumpets. Only, should you turn aside into one of those little bays on Waterloo Bridge to think the matter over, it will probably seem to you all a muddle — all a mystery. (*JR*, 153-4)

'drums and trumpets'、'Piccadilly and Holborn'、'the empty sitting room and the sitting-room with fifty people in it' といった A and B のフレーズ。'Indeed' とともに、'drums and trumpets' はくり返される。リフレインである。そして 'anyone says anything about it' や 'all a muddle — all a mystery' に見られる 頭韻…。これらが独特のリズムを作り出す。一文一文はさして 短いとは言えないが、そこに潜む呼吸はどうだろう。ある種の はやさ、性急さが感じられないだろうか。

　はやさ、性急さは次のような一節には顕著に見てとれる、ジェイコブが恋に陥ちる人妻、ウェントワース・ウィリアムズ夫人とその夫の描写である。内的独白を含みながら短文が連続し、畳みかけるリズムを形成する。

She shifted her hat slightly. Her husband saw her looking in the glass; and agreed that beauty is important; it is an inheritance; one cannot ignore it. But it is a barrier; it is in fact rather a bore. So he drank his soup; and kept his eyes fixed upon the window. (*JR*, 196)

　この呼吸のはやさ、性急さは、ひとつにはウルフの気質に依るのかもしれない。しかしもう一方で、都市生活の慌ただしさを反映しているのではないか。

　西洋音楽を論じるときに、「サウンドスケープ」（音の風景）理論というものがある。かつて音楽は、田園風景の中での人間とさまざまな音との交流を生き生きと描いていた。ヴィヴァルディやハイドンの音楽では、小鳥や動物、それに牧童、村人、狩人といった人々が登場し、それらが自然の中でさまざまな音の世界を繰り広げた。しかし19世紀になると、音の世界の在り様に変化が生じる。急激な都市化の進行によって、自然な音の世界は、作曲家にとって手の届かないものになっていった。そして都市のサウンドスケープを彩るのは、新しく誕生した機械の音である。今日の「騒音都市」への道が始まった。[9]

　富士川義之に依るのだが、この騒音を積極的に取り込み、芸術化しようとしたのが、シェーンベルクやストラヴィンスキーの音楽である。ストラヴィンスキーの『春の祭典』を、T. S. エリオットはこう評する――「その音楽は、踊りのステップのリズムを、自動車の警笛のけたたましい音や、機械類の騒々しい音や、車輪のきしる音や、鉄や鋼を打ち付ける音や、地下鉄の轟音や、さらには現代生活の他の野蛮な叫び声と化しているように思われる。しかもこれらのどう仕様もない騒音が音楽と化しているのである」（1921年9月、『ダイアル』誌に発表された「ロンドン便り」から）。

　『春の祭典』に見られる、過去（原始の植物祭）と現在（メトロポリスの喧噪）、古代と現代とを重置する視座は、ジョイスの『ユリシーズ』やフレイザーの『金枝篇』にも共通する。

---

(9)　渡辺裕、『マーラーと世紀末ウィーン』、岩波現代文庫、2004年、117-8頁。

そしてこの複眼的な視座こそ、すべてを並置する方法、つまり神話や伝説や古典からの断片的な引用や引喩のコラージュによって構成され、また、そうしたコラージュ構成を武器として現代都市の荒廃を批評する『荒地』の成立を可能にしている。断片を並置するこの方法は、立体派風の合成法や映画のモンタージュ手法と視覚的な類縁性をもっているが、聴覚的イメージの類推で言えば、騒音と深い結縁を示す。[10]

コラージュ、すなわち断片を並置する方法は、『ジェイコブの部屋』のつくりをも説明する。同時代批評で既にスナップショットとの類似が指摘されたが、フィルムの断片をつなぎ、ショットを並置し続ければ映画となる。この小説がときに映画を連想させる所以だろう。そしてサウンドスケープ。ロンドンに暮らすことが多かったウルフは、騒音に晒されていたはずだ。「自動車の警笛のけたたましい音や、機械類の騒々しい音や、車輪のきしる音や、鉄や鋼を打ちつける音や、地下鉄の轟音」に囲まれていたはずである。あちらから、こちらから、間断なく、予期せず、さまざまな音が聞こえてくる。その慌ただしさは視覚面でも同様だ。都市のランドスケープ。種々雑多なものが、ときにはさしたる理由もなく、不連続に共存している。「都市では、視覚的印象が次々に生じ、重なり合い、横断し合う」とエズラ・パウンドは言う。[11]街は "muddle" なのだ。そこに住まう人間は、われ知らず、機敏さ、用心深さ、性急さを身につけるだろう。

---

(10)　富士川義之、「音楽と神話」、『風景の語学』所収、白水社、1983 年、112-127 頁参照。
(11)　同書、120 頁。

5

　『ジェイコブの部屋』では、登場人物がジェイコブを覗き見する。たとえば、ケンブリッジに向かう列車内でのノーマン夫人。客室でジェイコブと二人きりになってしまった。見知らぬ若者に警戒心を抱きつつ、彼女は新聞の端からジェイコブを盗み見る。

She read half of a column of her newspaper; then stealthily looked over the edge to decide the question of safety by the infallible test ef appearance ...
(...)
　Taking note of socks (loose), of tie (shabby), she once more reached his face. She dwelt upon his mouth. The lips were shut. The eyes bent down, since he was reading. All was firm, yet youthful, indifferent, unconscious — as for knocking one down! No, no, no! She looked out of the window, smiling slightly now, and then came back again, for he didn't notice her. Grave, unconscious... now he looked up, past her... he seemed so out of place, somehow, alone with an elderly lady... then he fixed his eyes — which were blue — on the landscape.
(*JR*, 35-36)

　対象から距離を置き、観察する行為は語り手にも共有される。
　暑い春の宵、ケンブリッジの学寮の、とある大部屋でジェイコブは仲間と談笑している。その様子を外から窓越しに、語り手は眺めている。部屋から大きな笑い声が起こり、宙に消えて

いく。

The laughter died out, and only gestures of arms, movements
of bodies, could be seen shaping something in the room. Was
it an argument? A bet on the boat races? Was it nothing of the
sort? What was shaped by the arms and bodies moving in the
twilight room? (*JR*, 56-57)

語り手は、若い男たちがいる部屋から疎外されている。距離を
とらざるをえず、男たちのしぐさや身体の動きから、その意味
を推測するしかない。「ケンブリッジという、特権化された男
性社会に対する、面白がりながらも腹立たしい好奇心」[12]を
抱いていたウルフ、その姿をここに見出すことは可能かもしれ
ない。しかしそれ以上に、(男性にして、ホモセクシャルでも
ない読者には)不可知論的姿勢が見てとれるように思う。
　カミュの『シーシュポスの神話』にある一節を、筆者は思い
起こす。カミュは不条理性について思考しながら、次のように
述べる。『ジェイコブの部屋』の軽やかな語りに比べれば、語
調はより深刻だ。

　人間もまた非人間的なものを分泌する。すべてが明晰に見
えてくるようなとき、人間たちの動作の機械仕掛けじみた外
観、人間たちの意味を失ったパントマイムが、かれらを取巻
くいっさいを愚かしいものに化してしまう。ガラスのはまっ
た仕切りの向うで、ひとりの男が電話をかけている。声は聞
こえない。身ぶりは見えるが、それには意味を伝えてくる力
はすこしもない。すると、その男はなんのために生きている

---

(12)　Quentin Bell, op.cit., p.112.

のだろうかという疑問が湧いてくる。人間自体にある非人間
性をまえにしたときのこの不快感、ぼくらのあるがままの姿
を見せつけられたときのこの測りしれぬ転落、現代のある作
家の言葉を借りていえば、この《嘔吐感》、これもまた不条
理なものである。[13]

　電話をかけるという、何でもない日常的な行為。しかし一度
距離を置いて眺め直すと、行為に付与されていた意味が剥が
れ、あるいは解体し、「不条理性」が露出するときがある。（「現
代のある作家」とは、いうまでもなく『嘔吐』を書いたサルト
ル。）
　一方では意味を知ることができず、他方では意味が失われ
る。ウルフとカミュ、この二人を結びつけてみるのは、あなが
ち牽強付会ではない。ウルフは「美とは（...）それを捉えられ
ないことによってのみ、捉えられる」と、他者を十全に表象す
ることの不可能性を手紙で語る[14]。カミュもまた、「自分以
外のだれかあるひとりの人間というものは、ぼくらにとってい
つまでも未知の人間のままであり、その人間のなかには、ぼく
らの理解から滑り落ちてしまう還元不能の何かがつねにあると
いうことは、おそらく真実だ」と、不可知論を容認する。[15]

---

(13)　アルベール・カミュ、「不条理な論証」、『シーシュポスの神話』所収、
　　　清水徹訳、新潮文庫、1969 年、31 頁。
(14)　1922 年 12 月 25 日、ジェラルド・ブレナン（Gerald Brenan）に宛
　　　てた手紙。Virginla Woolf, *The Letters of Virginia Woolf, II (1912-1922)*,
　　　eds. Nigel Nicolson and Joanne Trautman (London: Hogarth, 1976),
　　　p.599.
(15)　同書、25 頁。

『ジェイコブの部屋』の語り手は、こう吐露する。

But how far was he a mere bumpkin? How far was Jacob Flanders at the age of twenty-six a stupid fellow? It is no use trying to sum people up. One must follow hints, not exactly what is said, nor yet entirely what is done. (...)

There is also the highly respectable opinion that character-mongering is much overdone nowadays. After all, what does it matter — that Fanny Elmer was all sentiment and sensation, and Mrs Durrant hard as iron? (*JR*, 214)

人を要約しようとしても無駄だ、口にされた言葉そのものや行動としてすっかり現れたことではなく、仄めかされるものを追わなければならない。「性格売り」(character-monger) はその商売が度を越している、ファニー・エルマーは感情と感覚の人、ダラント夫人は鉄みたいに無情、と性格づけて一体どうなるというのか…。語り手が言わんとしているのは、「である」ではなく「がある」の重要性である。どういうことか。

大澤真幸は（木田元を援用しながら）ハイデガーに関して、次のように説明する。ハイデガーは、存在者と存在の間には存在論的差異があると言った。この差異は、西洋語の中にある2種類の存在概念の相違によって示すことが可能だ。「本質存在」（エッセンティア）と「事実存在」（エクシステンシア）である。be 動詞の系列に属する本質存在は、日本語の「x である」という意味での存在に対応する。そこには、存在するということ自身の内に、それが「何であるか」ということ、その事物の同

一性、つまりその本質が含まれている。それに対して事実存在は、日本語の「xがある」をいうときの存在に対応している。ハイデガーが「形而上学」と呼んで批判した西洋の思考とは、事実存在を本質存在に還元することである。逆にハイデガーが救出しようとしていた存在とは、本質存在に対する事実存在、「である」に対する「がある」なのだ。

　大澤はこの「存在論的差異」の問題を、分析哲学が扱ってきた「固有名の本性について」の問題と結びつける。分析哲学の伝統的な主流は、固有名を、名指しされた事物の性質についての記述（の束）に還元しうると考えていた。しかし、ソール・クリプキは厳密な議論によって、固有名は決して性質についての記述に置き換えることはできないことを示した。これは、本質存在と事実存在の差異の、言語の上への反響と理解できる。性質を記述することは、その事物の本質存在（それが何であるか）を言語によって規定することである。だが「これは夏目漱石である」と指示することは、決して「これ」についての何らかの性質（「明治時代の偉大な小説家である」等々）を記述するものではない。それは、「夏目漱石」と名づけられた「これ」があるということに、つまりその事物の事実存在に照準するのみなのだ。

　ハイデガーの「存在」をこのように理解しうるとすれば、事物の事実存在は、いかなる本質存在にも還元できない、と言えるだろう。「である」は「がある」に還元できないのである。[16]

　『ジェイコブの部屋』の語り手は、ジェイコブの本質存在ではなく、彼の事実存在を提示したいのだ。「ジェイコブは○○である」という規定あるいは性格づけではなく、「ジェイコブ

---

(16)　大澤真幸、「〈不気味なもの〉の政治学」、『〈不気味なもの〉の政治学』所収、新書館、2000年、20-21頁参照。

がある」という事実を伝えたいのである。

　それは「仄めかされるもの」によって、微かに伝えられる、と語り手は言う（"One must follow hints"）。「仄めかされるもの」とは、たとえば次のようなことだ。

— for instance, when the train drew into the station, Mr Flanders burst open the door, and put the lady's dressing-case out for her, saying, or rather mumbling: 'Let me' very shyly; indeed he was rather clumsy about it. (*JR*, 37)

列車が駅に着いたとき、「僕が」と恥ずかしげにつぶやいて、不器用に、御婦人の化粧道具入れを外に出してあげるジェイコブ…。しかし「がある」を伝えるのは困難な作業であり、不可能性が滲む。なぜなら「仄めかされるもの」も詰まるところ「である」なわけで、「である」をいくつ重ねても、「がある」には到達できないからだ。「ジェイコブ」という固有名は、彼に関する「○○である」という言説を多く呼び寄せる、一種の空白であり、空の部屋である。（ジェイコブ自身、絵のモデルになるのを避けたり、写真に撮られそうな場から逃走したりと、肖像画の枠に収まること、つまり描写されることに抵抗する、と言う声もある。[17]

7

　『ジェイコブの部屋』には固有名を与えられた、多数の人物が登場する。語り手がその人物に一度きりしか言及しない場合

(17)　Robert Kieley, '*Jacob's Room* and *Roger Fry*: Two Studies in Still Life', in Elenor McNees (ed.) *Virginia Woolf: Critical Assessments III* (Mountfield: Helm Information, 1994), pp.197-8.

も多い。小説を、「主人公AがBする」という一文に喩えてみよう。伝統的な小説の場合、主人公Aはたいてい単一であり、「Bする」も、たとえば教養小説なら、「一人前の大人になった」と簡単に要約できるかもしれない。しかし『ジェイコブの部屋』では、ジェイコブを中心とし、彼の短い生に言及しながらも、それとは別に彼を取巻く複数の人物たちの、それぞれ独自のふるまいが語られることが頻繁にある。ディケンズ氏はバーフット夫人の車椅子を押し、ジャーヴィス夫人は荒野を歩き、ハクスタブル老教授は部屋で論文を読む…。ジェイコブを主人公としつつも、その周囲の人物に語り手の視線が頻繁に注がれ、「主人公A」は小さな多数のaたちに、「Bする」は細かな多くの「bする」という行為に、微分化されていくような印象がある。伝統的な小説を、今度は太い一本の綱に擬するなら、『ジェイコブの部屋』は、細い糸を何本も軽く束ねたものである。

8

語り手はロンドンの風景を、本の挿絵に喩える。

— rude illustrations, pictures in a book whose pages we turn over and over as if we should at last find what we look for. Every face, every shop, bedroom window, public-house, and dark square is a picture feverishly turned — in search of what? It is the same with books. What do we seek through millions of pages? Still hopefully turning the pages — oh, here is Jacob's room.（*JR*, 132）

　先にも引用したが、パウンドの言うように「都市では、視覚的印象が次々に生じ」る。その視覚的印象を、語り手は本の挿

絵に喩えているのだ。何かを探してページをめくっていった先に、「ジェイコブの部屋」があった。しかし、その「何か」は見つかるのだろうか。（ページをめくる動作は、都市を彷徨することの隠喩であろうが、同時に表象しようとする行為を連想させる。）

　ケンブリッジ大学でのジェイコブの部屋、あるいはロンドンでのそれには、誰もいない。主は不在だ。語り手が読者に示すのは、もの憂げな空気がカーテンをふくらませ、壺の花が微かに動き、肘掛け椅子がきしむ室内である。

　　Listless is the air in an empty room, just swelling the curtain; the flowers in the jar shift. One fibre in the wicker armchair creaks, though no one sits there. (*JR*, 49, 247)

ジェイコブの部屋には誰もいない。その空虚さが、部屋の主をめぐって語ることを要請する。その空なる空間は、ジェイコブに関する言説を生み出す。room は「部屋」であり、言説を生む「余地」ではないか。（そういえば、ロンドンのとある住居の居間―語り手は明確に言わないが、おそらくジェイコブの部屋―は空っぽだが、「今にも音楽を宙に吹き鳴らしそう」'liable at any moment to blow music into the air' (*JR*, 153) だった。）

9

　もはや存在しない者を言葉によって現前させようとする不可能な試み、その究極の形は、その者の名を呼ぶことかもしれない。

　　'Ja — cob! Ja — cob!' Archer shouted. (*JR*, 4, 5)

'Jacob! Jacob!' cried Bonamy, standing by the window. The leaves sank down again. (*JR*, 247)

小説の冒頭部、浜辺でアーチャーは幼い弟を呼ぶ。しかし、彼は蟹に夢中だった。小説の最終部、ボナミーはジェイコブの部屋の窓から、親友の名を叫ぶ。しかし、彼は死んでしまった。返事がかえって来ることはないのだ。

　そして小説の中間部、母ベティの手紙は読まれずに、テーブルに置かれたままである。

Meanwhile, poor Betty Flanders's letter, having caught the second post, lay on the hall table — poor Betty Flanders writing her son's name, Jacob Alan Flanders, Esq., (...).

(...)

The letter lay upon the hall table; Florinda coming in that night took it up with her, put it on the table as she kissed Jacob, and Jacob seeing the hand, left it there under the lamp, between the biscuit-tin and the tobacco-box. (*JR*, 122-4)

手紙はいつ読まれるかわからない。いや実際は、フロリンダとの情事が終わったあと、ジェイコブはそれを読む。しかし、母の想いが伝わったかどうかはわからない。

　語り手は「他人のテーブルの上に自分自身の封筒を見るのは、いかにはやく行為が自分から分かれて、異質なものになるかを知ることだ」'to see one's own envelope on another's table is to realize how soon deeds sever and become alien' (*JR*, 125) と、手紙への違和感を述べる。だが、しばらくすると「尊いものだ、手紙は。(...) 人生は手紙がなければ、ばらばらになってしまうだろう」'Venerable are letters, (...). Life would split asunder without them.' (*JR*, 125) と感嘆する。そして「私は知ることも、分かち合うことも、確信することも、決してできないのでは」'Can I never know, share, be certain?' (*JR*, 126) と不安を洩らす。十全に伝えることの不可能性、これはデリダ的な問題でもあるらしい。東浩紀は次のように解説する。

　郵便的隠喩に引きつけ整理すれば、「エクリチュール」とは結局、情報の不可避的かつ不完全な媒介のことだと考えられるだろう。情報の伝達が必ず何らかの媒介を必要とする以上、すべてのコミュニケーションはつねに、自分が発信した情報が誤ったところに伝えられたり、その一部あるいは全部が届かなかったり、逆に自分が受け取っている情報が実は記された差出人とは別の人から発せられたものだったり、そのような事故の可能性に曝されている。デリダが強く批判する「現前の思考」とは、その種の事故を最終的に制御可能だと見る思考法を意味している。逆に、コミュニケーションについてのデリダの基本的なイメージは、その種の事故の可能性から決して自由になれない「あてにならない郵便制度」だと言ってもよい。[18]

　『ジェイコブの部屋』も、その語り手から読者に宛てられた手紙かもしれない。いつ読まれるかは読者次第。語り手の意図なるものも、伝わるかどうかわからない。「郵便制度」はあてにならない。事故の可能性から決して自由になれないから。それでも、手紙は「尊いものだ」。それは、かつてジェイコブという若者が存在したことを告げる手紙。そしてウルフにとっては、亡き兄を偲ぶ挽歌。

---

(18)　東浩紀、『存在論的、郵便的：ジャック・デリダについて』、新潮社、1988 年、83-84 頁。

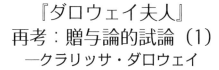

第2章

『ダロウェイ夫人』
再考：贈与論的試論（1）
―クラリッサ・ダロウェイ

1

　ヴァージニア・ウルフの代表作のひとつ、『ダロウェイ夫人』（*Mrs Dalloway,* 1925）については、筆者は以前に論じたことがあるのだが[(1)]、新たな視点から再考を、「贈与」に関する物語としての読み直しを試みたい。

　この作品は、英国国会議員リチャード・ダロウェイの妻であるクラリッサ・ダロウェイが、夜にパーティを開くまでの一日を描いたもの。時は1923年6月。初老を迎えたクラリッサだが、朝、花を買いに爽やかな空気の中に飛び出す彼女の心中には、青春時代の記憶が生起する。ビッグ・ベンの打ち鳴らす鐘は公共の外的時間を人々に告げるが、クラリッサは内的な時間の密やかな蘇生に心を潤す。かつての恋人ピーター・ウォルシュや、怖いもの知らずのやんちゃ娘で同性愛的な感情を抱かされたサリー・シートン。インドから戻ってきたばかりのピーターには、午前中に邂逅する。彼の方から訪れてきたのだ。夜のパーティにも出るようにクラリッサは告げた。そのパーティでサリーにも再会することになる。過去が現在へと繋がっていく。

---

(1)　拙論文、「母を求めるヴァージニア・ウルフ―『ダロウェイ夫人』の場合」、『早稲田大学大学院文学研究科紀要』別冊第16集、pp.63-72、1990年。ウルフがもつ「母」への志向を、作品に即して論じた。

一方、セプティマス・ウォレン・スミスは、第 1 次世界大戦に従軍し、戦争神経症（'shell shock'）に陥って精神を病んでいる。妻リツィアの献身もむなしく、彼は精神科医たちの治療を拒み、自ら死を選択する。死への誘惑はクラリッサにも経験がある。彼は、生を継続するクラリッサの陰画と言える。

　その他、クラリッサの夫リチャード、やはり国会議員で俗物のヒュー・ウィトブレッド、また、セプティマスに係わる権威的な精神科医サー・ウィリアム・ブラッドショーらも登場し、明暗を孕んだロンドンの暑い一日が描かれるのが、この『ダロウェイ夫人』である。（また文学史的には、自由間接話法を多用し、物語性よりも登場人物の内的独白に重きを置いた、いわゆる「意識の流れ」の小説の一典型である。）

　作品中、ロンドン市内を歩くピーター・ウォルシュが交差点にさしかかったとき、不思議な音が聞こえて来る。

　　音が彼の思考を中断した、脆く震える音、方向性も力も始まりも終わりもない声が沸きあがり、弱くかん高く、人間的な意味はおよそなく、

　　　　イー　アム　ファー　アム　ソウ
　　　　フー　スウィー　トゥー　イーム　ウー

　　年齢も性ももたない声、地より湧きいでる古の泉の声。(68-69) [2]

　最終的には語り手によって、この声は路上で歌う貧しい老女

(2)　Virginia Woolf, *Mrs Dalloway*（Oxford: Oxford University Press,［1925］2000）を底本とした。以降も、引用の後に頁を示す。訳は筆者によるもの。

のものと、読者に知らされる[3]。しかし、語り手による指示がなければ、この声は「方向性」のない、誰へ発せられたとも分からない謎の音と、読者には印象づけられる。内田樹はマルセル・モースの『贈与論』を敷衍しながら、こう述べる。

　　無意味に置かれたものを自分宛てのメッセージ、自分宛ての贈り物だと「錯覚」した人間がいて、その人が反対給付義務を誠実に履行したことによって、そこにコミュニケーションの回路が立ち上がる。無意味な偶然的音響を「自分を呼ぶ声」だと聞き違えた人間によって世界は意味を持ち始める。世界を意味で満たし、世界に新たな人間的価値を創出するのは、人間にのみ備わった、このどのようなものをも自分宛ての贈り物だと勘違いできる能力ではないのか。[4]

　この視点に立てば、「コミュニケーションの回路」が立ち上がる「古の」原初的な過程が語り手の身振りを通じて再現されていると、解釈できないだろうか。「方向性も力も始まりも終わりもない」「無意味な偶然的音響」が、語り手によって「我が眼を見て、汝が愛しき眼でしっかりと」(70) などと意味を付与され、老女の歌う「万霊節」へと帰属・回収される。

　1980 年代は「物語論」(narratology) の隆盛を見たが、それ以降、作者とその作品、作者と作品中の語り手を切り離すのが、作品を論じる際の基本的前提となっている。とはいえ、作

---

(3)　さらに J. Hillis Miller に依れば、この歌は Richard Strauss 作曲の歌曲 'Allerseelen'（「万霊節」、歌詞は Hermann von Glim による）である。See 'Mrs Dalloway: Repetition as the Raising of the Dead', in J. Hillis Miller, *Fiction and Repetition* (Cambridge: Harvard University Press, 1982), pp.189-190. 語り手はこの曲を、ときにパラフレーズし、ときに英訳を直に引用しながら読者に伝える。

(4)　内田樹、『街場のメディア論』、光文社新書、2010 年、182 頁。

者の実人生が何らかの形で作品に滲みでるのは当然であろう。『ダロウェイ夫人』の作者であるウルフは 1904 年、神経衰弱となり、ベッドに横たわりながら聞く鳥のさえずりが「ギリシャ語の合唱」に聞こえたと言う[5]。そのとき彼女が陥った状況を「狂気」と切り捨てるのは簡単だが、さえずりを「ギリシャ語」と捉えることは、誤謬とはいえ、コミュニケーションの回路が成立するかどうかの不安定な場の存在を、われわれに教えてくれないだろうか。

　作中、セプティマス・ウォレン・スミスも「狂気」にとらわれる。ロンドンの上空を飛行機が舞うのだが、それが吹き出す煙が何か文字を描いている。街を行く人々は、その文字が表す単語を推測する 'Glaxo' か、'Kreemo' か、それとも 'toffee'? しかし彼は、次のように受け取る。

　　だから、あれは私に信号を送っているんだ、セプティマスは見上げたまま思った。たしかに実際の言葉ではないけれど、つまり、その言語はまだ読めないけれど。でも簡単だ。この美しさ、この精妙な美しさ。彼の眼に涙があふれた。（18）

セプティマスは飛行機の煙に、この世の美しさを伝えるメッセージを受け取る。実際には何かの商品か会社名の宣伝であろうから、彼の判断はまったくの「勘違い」であり狂っている。この場合、飛行機が描く文字は確かな広告的意図に基づくものであろうから、「偶然的」なものではない。セプティマス以外の人々はそれを理解している。しかし、彼はそれができない。飛

(5) Virginia Woolf, 'Old Bloomsbury' in *Moments of Being*, ed. Jeanne Schulkind (London: Grafton Books, 1989), p.200.

行機が煙を通じてコミュニケーションしようとするプラットフォームと、彼が独りいるプラットフォームが異なるのである。ここに、コミュニケーションの回路が立ち上がる際の危うさを読みとることができる。

2

　コミュニケーションの話から入ってしまったが、コミュニケーションもまた「贈与」である。どういうことか。前節でも少し触れたが、もう少し詳しく述べよう。マルセル・モースの『贈与論』に言及しなければならない。

　ポリネシアのマオリ族には「ハウ」という言葉があり、これは物の霊、特に森の霊や森の獲物を指す。モースの『贈与論』は、それについて次のようなインフォーマントの説明を紹介している。

　　ハウは吹いている風ではありません。全くそのようなものではないのです。仮にあなたがある品物（タオンガ）を所有していて、それを私にくれたとしましょう。あなたはそれを代価なしにくれたとします。私たちはそれを売買したのではありません。そこで私がしばらく後にその品を第三者に譲ったとします。そしてその人はそのお返し（「ウトゥ（utu）」として、何かの品（タオンガ）を私にくれます。ところで、彼が私にくれたタオンガは、私が始めにあなたから貰い、次いで彼に与えたタオンガの霊（ハウ）なのです。（あなたのところから来た）タオンガによって私が（彼から）受け取ったタオンガを、私はあなたにお返ししなければなりません。私としましては、これらのタオンガが望ましいもの（rawe）であっても、望ましくないもの（kino）であっても、それを

しまっておくのは正しい（tika）とは言えません。私はそれをあなたにお返ししなければならないのです。それはあなたが私にくれたタオンガのハウだからです。この二つ目のタオンガを持ち続けると、私には何か悪いことがおこり、死ぬことになるでしょう。このようなものがハウ、個人の所有物のハウ、タオンガのハウ、森のハウなのです。[(6)]

内田樹はこの一節に関して、贈り物（タオンガ）を受け取った人間が、それをくれた人間に直接お返し（ウトゥ）をするのではないことに注目する。いいものをもらったから「ありがとう」と直接返礼するのではない。何かをもらった、それを次の人にあげた、するとその返礼が来た。返礼を受け取ったときに、初めて自分が「パス」したものが「贈り物」であったことに気づく。この順番が大事なのだ。内田氏はこう解説する。

　誰かが「これは贈り物だ」と認識して、「返礼せねば」と思うまで、それは厳密な意味では「贈り物」ではないのです。その品物には「ハウ」は含まれない。返礼義務を感じたものの出現と同時に「ハウ」もまた出現する。贈り物そのものには「ハウ」は内在していない。「これは贈り物だ」と思った人の出現と同時に、贈り物は「ハウ」を持ち始める。(...)「私は贈り物の受け取り手である」と思った人間が「贈り物」と「贈り主」を遡及的に成立させるのです。[(7)]（中略は筆者）

さらに内田氏は、論を進める。

(6)　マルセル・モース、『贈与論』、吉田禎吾・江川純一訳、ちくま学芸文庫、2009 年、34-35 頁。
(7)　『街場のメディア論』、171 頁。

「価値あるもの」がまずあったのでもないし、「誰かにこれを贈与しよう」という愛他的な意図がまずあったのでもない。たまたま手にしたものを「私宛ての贈り物」だとみなし、それに対する返礼義務を感じた人間が出現することによって贈与のサイクルは起動した。人間的制度の起源にあるのは「これは私宛ての贈り物だ」という一方的な宣言なのです。おそらく、その宣言をなしうる能力が人間的諸制度のすべてを基礎づけている。ですから、端的に言えば、何かを見たとき、根拠もなしに「これは私宛ての贈り物だ」と宣言できる能力のことを「人間性」と呼んでもいいと僕は思います。[8]

コミュニケーションの回路もまた、人間的制度のひとつである。

3

『ダロウェイ夫人』には、20 世紀モダニズムを象徴する機械、自動車と飛行機が登場する。

　朝、花屋にいるクラリッサを驚かせるのは、拳銃が発射されたかのような爆発音。それは、窓にブラインドを下ろした謎の自動車から発せられた。街行く人々が、噂を始める。重要人物が乗っているらしい、「それは皇太子、女王、首相?」（12）。結局のところ車の主は明確にならないのだが、贈与論に引きつければ、それで構わないのである。

　謎の自動車を中心に、お互いに知らないロンドン市民たちが繋がっていく。（セプティマスの眼には、すべてのものが一つの中心に向かって、徐々に引きつけられていくと映る― 'this

---

(8)　前掲書、180 頁。

gradual drawing together of everything to one centre before his eyes' (13)。) 自動車の「謎」を仮にひとつの「贈り物」と捉えれば、それを巡って謎を解こうとする言葉が人々の口の端に上り、一時的にある種のネットワークが出来あがる。「これは一体なんだろう？」と思案投げ首するもの、「相手にはすぐにはその価値がわからないもの」が最良の交易品である、と内田樹は言う[9]。謎は謎であるがゆえに、人々の間を流通するのだ。

　飛行機が噴き出す煙も、同じ働きをする。その煙が描く文字が何かを巡って、ロンドン市民は（セプティマスを除いて）一時的に結びつく。コウツ夫人は 'Glaxo' だと言い（17）、ブレチュリィ夫人は 'Kreemo' と（17）、そしてボウリィ氏は 'toffee' だと呟く（18）。ベントリィ氏となると、飛行機を「何かの象徴」と見なすに至る（24）。こうして擬似的贈与経済が、わずかの間だが姿を表すのである。

4

　午前中クラリッサ・ダロウェイの邸宅を訪れた後、ピーター・ウォルシュはロンドンの街を歩きながら、よくパーティを開く彼女を批評する。

　クラリッサは自宅の客間をある種の集合場所にしている。彼女にはその才能がある。青二才をつかまえ、ひねって、回して、眼を覚まさせ、そして旅立たせるさまを、何度も見てきた。もちろん、無数の鈍い連中が彼女の周りに集塊をつくる。でも、変わった、思いがけない者が現われたりする。と

---

(9)　前掲書、178 頁。

きに画家、ときに作家。あの雰囲気のなかに、変人たちだ。
そして一切の背後には、あの繋がり。訪れたり、名刺を残し
たり、人に優しくしたり、花束やちょっとした贈り物のこと
で走りまわったり。だれそれさんがフランスに行く―きっと
エアクッションが要る。そうやって彼女は、力を本当に消耗
する。彼女のような女性が保つ、あの果てしなき人の流れ。
でも彼女は誠実にこなす、生まれながらの本能で。（65-66）

ひとつの「集合場所」(10)をつくること、それはクラリッサが
化粧台の鏡の前で、自身のすべてを一点にかき集めようとする
行為（'collecting the whole of her at one point'）（31）に相似し
ている。彼女もまた、自身の役割を自覚している。

これまでいったい何度、自分の顔を見てきたかしら、いつ
もほんのわずかにひきつった顔だけど！鏡を見るときは、唇
をすぼませる。顔に点を与えるため。その点は私自身―尖っ
て、矢みたいで、はっきりしてる。それは私自身。ちょっと
がんばって、私自身になりなさいとちょっと呼びかけて、断
片が集まったときに現れる。私だけは知っている、どんなに
さまざまな、どんなに相容れない断片たちが組み合わさっ
て、ただ世間のためにひとつの中心、ひとつのダイヤモン
ド、ひとりの女性となるかを。その女性は客間にすわり、集
合場所をつくり、他人によっては間違いなくその退屈な生活
に光となり、孤独な人たちが来る避難所を提供している、た
ぶん。（31-32）

---

(10) ピーターは'meeting-place'（65）と、クラリッサは'meeting-point'（32）
　　と、原文ではそれぞれ表現している。

クラリッサは、夕刻パーティを開く。それを前にして彼女は考える—リチャードもピーターも、パーティに批判的だ。彼女は自問自答する。

　　でも、もしピーターが私にこう言ったとしたら、「そうかそうか、でも君のパーティ、それに何の意味があるんだい?」、私に言えるのはただ(誰にもわかってもらえないだろうけど)それは贈り物だってこと。(103)

パーティは贈り物なのである（'They're an offering'）。「それは贈り物、結びつけること、作り出すこと（'it was an offering; to combine, to create'）」（103）なのだ。
　なぜ人は贈り物をするのか。モース研究者が簡潔に整理してくれたものを2つ挙げよう。

　　モースの答は一見シンプルである。義務だからというのである。(...) モースによると、贈与を支えるのは三つの義務である。贈り物を与え、受け取り、返す義務である。(中略は筆者)[11]

　　モースは贈与をめぐる義務として次の三つをあげた。
　　1 贈り物を与える義務（提供の義務）
　　2 それを受ける義務（受容の義務）
　　3 お返しの義務（返礼の義務）[12]

(11)　佐久間寛、「交換、所有、生産—『贈与論』と同時代の経済思想」、『マルセル・モースの世界』所収、平凡社新書、2011年、187-8頁。
(12)　桜井英治、『贈与の歴史学：儀礼と経済のあいだ』、中公新書、2011年、3-4頁。

義務ゆえに人は贈り物をする。贈り物は与えられねばならず、受容されねばならず、返礼されねばならない。では、クラリッサのパーティが「贈り物」だとしたら、受容し返礼（内田氏の用語では「反対給付」）すべき者は誰だろうか。もちろんパーティに来る人々全員と言えるが、とりわけピーター・ウォルシュがその人ではないだろうか。

クラリッサは先程の自問自答に続き、「誰への贈り物？」「たぶん、贈り物のための贈り物（'An offering for the sake of offering, perhaps'）」（103）と独白する。[13] しかしこの日の朝、花屋に向かう途中、連想がピーターに及んだとき彼女はこう思っていた。

> もう何百年も離ればなれみたい、私とピーターは。私は一度も手紙を書かないし、彼からの手紙ときたら、そっけない代物だし。でも不意に浮かんで来る、もし彼が今私といたら、何て言うかしらって―ある日の、ある光景が静かに彼の姿をよみがえらせてくれる、かつての苦さも感じずに。これってたぶん、人の世話を焼いてきたご褒美ね。（6）

そしてクラリッサが花屋から家に戻ると、そのピーターから突然の訪問を受けるのだ。彼はインドで人妻と恋に陥り、彼女との結婚を見据えて弁護士に相談するため帰国していた。「僕は恋してるんだ」と告げるピーターだが、久しぶりに再会したク

---

(13)　今村仁司は、贈与としての贈与、返礼なき贈与を「純粋贈与」と名づける。しかし、これは社会制度としては実在したことがなく、アルカイックな社会では、現実として、贈与の「交換」が行われていると言う。（今村仁司、『交易する人間：贈与と交換の人間学』、講談社選書メチエ、2000 年、113-6 頁参照。）そしてクラリッサも、返礼を期待するのである。

ラリッサとの緊張した空気のなか、感情を抑えきれずに泣き出してしまう。これに対しクラリッサは、

　　身をのりだし、彼の手をとり、その体を引き寄せ、キスをした——熱帯の疾風にさらされたパンパスグラスに似て、彼女の胸の中で銀色に閃く羽が激しく揺れる。それを抑えられないうちに、彼の顔が現実に自分の顔に触れるのを感じた。揺れるのが収まると、まだ彼の手を握ったままだ。彼の膝を優しくたたき、姿勢をもとに戻しながら、彼といることに驚くほど安らぎと気楽さを感じる。突然こんな思いに襲われた、この人と結婚していたら、この楽しさが一日中私のものだったのかな！（40）

そして、立ち上がって窓辺で鼻をかむピーターの後ろ姿を見ながら、彼女は「私を一緒に連れて行って（'Take me with you'）」（40）と、衝動的に思いさえするのだ。
　パーティが始まるとすぐ、クラリッサは「ああ、これは失敗に終わる、完全な失敗に」（142）と弱気になる。部屋の隅で自分を批判的に見つめているピーターの姿が、目の端に映った。その姿が彼女に、結局私はなぜこんなことをするのだろうと、自問させる。彼女は心のなかで訴えた。

　　あの人は私に自分を見つめさせる。大写しにする。ばかみたいな私の姿。でもなぜやって来て、それから、ただ批判するだけなの。どうしていつも受け取るだけで、一度も与えないの？（142）

はたしてピーターによる返礼、反対給付はあるのか？
　クラリッサは、「結局失敗じゃない！うまく行きそうだ——私

のパーティは」（144）と思い直す。そのパーティの終盤、地方の工場主に嫁いでロセター夫人となり、今や 5 人の息子の母親であるサリーが、「感じたことはそのまま言わなきゃ」（162）とピーターに話す。彼は「でも僕は、自分が何を感じているか、わからないな」（163）とうそぶく。サリーは思う、可哀想なピーター、どうしてクラリッサはこっちに来て話さないのかしら、この人はそれを望んでいるのに、ずっとクラリッサのことばかり考えて、ナイフをいじっているのに。

　そしてこの小説の結尾、リチャードに暇乞いをしてくる、とサリーは席を立つ。「僕も行くよ」と答えるピーターだが、ちょっとだけ座ったままでいる。彼は「感じる」。

　　何だろう、このおののきは？この歓喜は？彼は一人思った。
　　僕を異様な興奮で充たすのは何だろう？
　　　クラリッサだ、と彼は言った。
　　　そこに彼女がいたからだ。（165）

「そこに彼女がいたからだ（'For there she was'）」という表現の、「いた」、'was'、つまり be 動詞に注目したい。be 動詞は「在ること」・「存在」を表す。ロンドン市内を歩きながら回想に耽るピーターは、過去のクラリッサを、絵のような美しさはない、とりわけ気の利いたことを言うわけでもない、「でもそこにいる、そこにいるんだ（'there she was, however; there she was'）」（65）と評する。そしてパーティの席上でも、総理大臣に付き添って部屋を行くクラリッサを見ながら、

　　波に揺られながら髪を編んでいるみたいだ、あの才能がいまだにあるんだな。そこにいる、存在する、そして即座に場を見抜く才能が。（147）

と評価する。この「そこにいる、存在する（'to be; to exist'）」こと自体が、贈与のサイクルにおいては交換されるものになりうる。

モースは『贈与論』の結論部で、非西欧社会や古代印欧社会のみならず、当時の西欧社会にも贈与の慣行が存続していることを指摘する（たとえば、フランスやドイツ農村部における婚礼の宴）。さらには社会主義者として、贈与と、当時整備されてきていた社会福祉を関連づけ、国民国家における福祉制度の必要性を説く。

> 人を労働に向かわせる一番の方法は、自分たちのためと同時に他人のために誠実に果たした労働によって生涯、公正に賃金が支払われると確信させることだと人々は気づいている。自分たちは生産した以上のもの、もしくは労働時間以上のものを交換している。そして、[自分の] 時間であったり命であったり自分自身の何らかを与えていると生産者＝交換者は改めて感じている。常に意識していたのであるが、今度は明確に意識しているのである。したがって、生産者＝交換者はこの贈与が適度に報われることを望むのである。この報いを行わない場合、怠惰と生産性の低下を招くことになる。（太字および [ ] は筆者）[14]

本論に引きつけて筆者が着目するのは、贈与のサイクルにおいて交換されるのは「[自分の] 時間であったり命であったり自分自身の何らか」であるということだ。クラリッサの場合、これに当たるのは「彼女の存在そのもの」である。最後にピーターは、クラリッサの「贈与」に気づいたのではないだろうか、

（14）『贈与論』、281 頁。

「彼女の存在そのもの」が「贈り物」であることに。そして以前からの、「批判し評価する」という距離を置いた構えを捨て、「贈り物」を本当に、しっかりと受け取ったのではないだろうか。故に、おののき歓喜したのではないだろうか。

　この小説は、ピーターがクラリッサの「存在そのもの」を「贈り物」と認識し、それを受けたところで終わると読みうる。言い換えれば、贈与のサイクルが動き始めたところで終わるわけだ。サイクルがうまく回り始めるか、彼が義務を感じて返礼（反対給付）するかどうかは、テクストの外であり書かれていない。したがって読者に知る由はない。しかし、何らかの形で彼が返礼することを想像してみるのは面白い。

　ピーターは、インドの人妻に恋をしつつも、トラファルガー広場を横切る若い娘を追いかけたかと思えば（45-46）、「53才にもなると、もうほとんど他人が必要でなくなる」と内省したりもする（67）。このように落ち着きがない男なのだが、女性には魅力的に映るようだ。パーティ客の一人、エリー・ヘンダスンはピーターを見て、「背の高い人。中年だけど、眼がけっこう素敵。浅黒くて、眼鏡をかけているわ」（144）と感想を抱く。ブルトン夫人は、「まあ、ピーター・ウォルシュ！」と言いながら彼と握手し、「この愉快なならず者、とっても才能があって、名をなすはずだった男」（152）と思う。

　こんな「型破り（'unconventionality'）」（39）なピーターに惹かれつつも、安定感のあるリチャードを選んだクラリッサだった。しかしこの日、ピーターに「私を連れて行って」という衝動に駆られる。パーティの後、クラリッサとピーターが駆け落ちすることだって、可能性として否定はできないだろう。いや存外、突飛な空想でもないのではないか。

　モースが良しとする贈与のサイクル、「贈与経済」は、物をすべて数値化し交換する「市場経済」とは異なるものである。

モースと同じく、若き日のピーターも「社会主義者だった」(43)
という興味深い符合を指摘して、本論の前半を終える。

第3章

『ダロウェイ夫人』
再考：贈与論的試論（2）
—セプティマス・ウォレン・スミス

5

　最終的に自殺を遂げるセプティマスに関しても、贈与論的に考察せねばならない。「コミュニケーション」が鍵となるが、本論前半部で述べたように、コミュニケーションもまた「贈与」であった。

　セプティマスは第一次大戦に従軍し、戦争神経症（'shell shock'）を病んでいた。彼の精神を追い込んだ「戦争」だが、乱暴な言い方をご容赦いただければ、それには国家同士の外交・コミュニケーションの一手段という側面がある。しかし、クラウゼヴィッツが指摘するように、戦争が本当に戦争らしくなるのは、それが自己目的化するときである。[15] こうなると、コミュニケーションという側面はまったく失われ、殺戮のための殺戮と化し、ディスコミュニケーションの状態が出現することになる。

　第一次大戦が「世界大戦」になってしまった原因のひとつは、通信も含めた交通の「速度」である。19世紀末からの電信・電話の普及や鉄道網の拡大は、人々の距離感や時間感覚を変化させた。端的に言えば、人々は「せっかち」になったのだ。外交交渉のあり方も変わる。たとえば、ロシアがオーストリア国

---

(15)　内田樹、『ためらいの倫理学』、角川文庫、2003年、80頁。

境近くの軍に動員令を出したことに対し、ドイツは「12時間以内の動員令解除か、さもなくば宣戦布告か」という最後通牒を突きつける。そういったことが現実に起こる。馬車の時代にはありえなかったことだ。宣戦の理非を再考する時間を惜しみ、われもわれもと、各国が参戦していった。この戦争から、空爆、毒ガス、戦車といった大量殺戮手段・兵器が初めて使用され、まさに殺戮のための殺戮、ディスコミュニケーションの状態が出来する。この状態は砲弾（'shell'）を媒介にして、セプティマスにも伝播する。

　空を舞う飛行機の煙から、セプティマスはこの世の美しさを伝えるメッセージを受け取る。しかし彼もまた、周囲の人々との間にディスコミュニケーションを抱えている。前章の第1セクションで述べたように、飛行機が煙を通じてコミュニケーションしようとするプラットフォームと、彼が独りいるプラットフォームが異なるのだ。その彼が皮肉にも説くのは、「コミュニケーション」である。

　　コミュニケーションは健全、コミュニケーションは幸福(79)

　モダンライブラリー版『ダロウェイ夫人』に付けた「自序」（1928）の中で、作者ウルフは、セプティマスはクラリッサの分身だと明かす。彼は最初の構想では存在しておらず、もともとはクラリッサが自殺するか、パーティの最後に死ぬ予定だった。[16]

　実際に出版されたテクストでは、クラリッサは生き、セプティマスは死ぬ。クラリッサはピーターとのコミュニケーション

---

(16)　Virginia Woolf, 'An Introductjon to *Mrs Dalloway*' in *The Essays of Virginia Woolf Vol.4*, ed. Andrew McNeillie (London: The Hogarth Press, 1994), p.549.

（贈与と返礼）に成功しつつ小説は幕を閉じるが、分身たるセプティマスはコミュニケーションが不全のまま、作品の中途で自殺を遂げる。

とすれば、陽と陰が示され図式的には均整がとれた形でこの作品は終結すると、ひとまずは言える。しかし、セプティマスが口にする「コミュニケーション」に、別の解釈が施せないだろうか。

6

「コミュニケーションは健全、コミュニケーションは幸福」とつぶやくセプティマスだが、彼とプラットフォームを同じくする者はいない、という趣旨を先に述べた。しかし作品を見直すと、ひとり存在する。それは死者エヴァンズである。

エヴァンズは、セプティマスが義勇兵として第一次大戦に出征した際に、塹壕生活のなか目をかけてくれた将校である。二人は「炉辺の敷物の上でじゃれあう二匹の犬」（73）のように、親交する。（クィア理論者が飛びつきそうな箇所だが、ここではあえて吟味をしない。）そして休戦の直前にエヴァンズは戦死した。

エヴァンズの死に対しほとんど何も感じないセプティマス、しかし戦争が終わると、突然の雷鳴に似た恐怖を覚えるようになる。実は「感じることができない」（74）のだ。彼はミラノにいたが、「避難所」（74）を求めて、イタリア娘リツィアと結婚する。

リツィアを連れて帰国し、ロンドンへ向かう車窓からイングランドの風景を眺めつつ、「世界自体に意味がないのかもしれない」（75）とセプティマスは考える。勤め先では、相当に責任のある地位に昇進した。しかし、かつて陶酔したシェイクス

ピアの書を開いても、そこに人間を嫌悪する作者の姿が見えてしまう。妻に子供が欲しいと言われても、「こんな世界に子供を送り出すことはできない。（...）この好色な動物の種族を増やすわけにはいかない」（76、中略は筆者）と判断する。何も彼を元気づけることはできず、妻はホームズ医師を呼びにやった。

　まったく問題ありません、とは医師の診断。だがセプティマスは「問題なし、か。ただ、人の性（さが）が私に死刑を宣告した罪がある、何も感じないという罪が」（77）と自己分析した。その後も診察に訪れる医師に、シェイクスピアが嫌悪した人間の獣性、「鼻孔が血の色をした、胸の悪くなる畜生」（78）を、彼は見るようになる。そして「全世界が喚きたてている。自殺しろ、われわれのために自殺しろ、と。でもどうして彼らのために自殺しなければならないんだ。食事は楽しいし、太陽は熱いのに」（78）と感じる。しかしその一方で彼は、自殺することに「ひとつの安楽」・「崇高さにあふれる孤立」・「しがらみのある者には決して知りえない自由」（79）を見出していく。まさにそのとき、

　　偉大な啓示がなされた。衝立ての背後から、ひとつの声が話しかけたのだ。エヴァンズが話している。死者たちが私といる。
　　「エヴァンズ、エヴァンズ！」彼は叫んだ。（79）

「無感覚」の段階を経て、このときセプティマスは、常人の立つプラットフォームから死者たちのそれへと、自らの身を移したのである。[17] まさにここで、彼は「コミュニケーションは

---

(17)　ブラッドショーによる診察の場面で、語り手はセプティマスを、「生から死へと赴いた主」（82）と形容する。

健全、コミュニケーションは幸福」とつぶやく。「健全で、幸福な」コミュケーションとは、死者たちとのそれであるようだ。

　少々脱線するが、ここまでの件りは、筆者に伊東静雄（1906-1953）のある詩を連想させる。セプティマスは、帽子の飾りつけの仕事をしている妻の姿を、「水に沈んだ百合の花のように、青白く神秘的」（75）と形容するが、伊東静雄のその詩も「水中花」（1937）という。水中花とは、かつて夏の夜店で売られていたもので、木の薄い削片を圧搾して作られる。これを水中に投じると、赤青紫、色美しいさまざま花の姿にひらいて、静かにじっとしている。伊東は「今歳水無月のなどかくは美しき」と詠う。「六月の夜と昼のあはひに／万象のこれは自ら光る明るさの時刻」、詩人は憂鬱に沈んでいる。そして「堪へがたければわれ空に投げうつ水中花」と言い放つ。詩は、次のように結ばれる。

　すべてのものは吾にむかひて
　死ね、といふ、
　わが水無月のなどかくはうつくしき

詩人もまた常人とはプラットフォームを異にする者であり、詩を含めた芸術は死と隣り合わせのものである。飛行機の煙が空に描く文字に「精妙な美しさ」を感知するセプティマスは、詩人・芸術家の一面をもつ。セプティマスも伊東も、世界の美しさを愛でつつ、孤独である。

　死者たちのプラットフォームへ移行すること、それは宗教的な色を帯びる。「エヴァンズ、エヴァンズ」と突然つぶやきだした夫に恐怖を感じ、妻リツィアはホームズ医師を呼ぶ。しかしセプティマスに畜生呼ばわりされ、医師は、精神医学界で権威的な存在たるサー・ウィリアム・ブラッドショーを紹介せざ

るをえなくなる。そして 1923 年 6 月のある暑い日、ウォレン・スミス夫妻はブラッドショーのもとを訪ねる。「もう若くはなく」、「これまで懸命に働き、才能ひとつで地位を築いた」（81）ブラッドショーは、一目見てセプティマスをきわめて重症と判断する。「均衡の感覚（'a sense of proportion'）」（82）を説く彼にとって、セプティマスのような患者は、「世の終わりや神の降臨を予言するキリストや女キリストたち」（84-85）である。ブラッドショーが放つ圧迫感にセプティマスは、「だがもし告白したら、もし伝えたら（'But if he confessed? If he communicated?'）」（83）、放免してくれるか、と考える。彼は未完の預言者だ。「私は―、私は―」と吃りながら、彼は「教え（'his message'）」（83）を伝えようとする。しかし思い出せない。

7

　前章で示したように、モースは贈与をめぐる義務として次の三つをあげた。
　1 贈り物を与える義務（提供の義務）
　2 それを受ける義務（受容の義務）
　3 お返しの義務（返礼の義務）
桜井英治は、「モースがその存在に気づきながらも、『贈与論』では明確な位置づけを与えていなかった」、もうひとつの義務があると言う。それは、
　4 神々や神々を代表する人間へ贈与する義務（神に対する贈与の義務）
である。[18] モース本人の言説を引いてみよう。「神や自然のた

---

(18)　『贈与の歴史学：儀礼と経済のあいだ』、4 頁。

めに人間に対してなされる贈与の役割」について、若干の指摘
をすると言う彼は、次のように述べる。

　　シベリア北東部のすべての社会、アラスカ西部のエスキモ
　ー、ベーリング海峡のアジア沿岸部のエスキモーなどにおい
　ては、ポトラッチは、気前のよさを競う人々、そこに運ばれ
　る物あるいは消費される物、そこに参加、関与して人々に名
　前を与えている死者の魂に対してだけでなく、自然に対して
　も、ある種の効果を与えている。精霊と同じ名前を持つ者同
　士の贈り物の交換は、「同じ名前であるために」死者の霊に
　加えて神、物、動物および自然の霊を刺激し「人々に対して
　気前よくなる」ように仕向ける。贈り物の交換は多くの富を
　もたらすと言われる。[19]

ポトラッチとは、引用に記された社会において、主催者の地位
により大小さまざまに開かれる祝宴のこと。近隣の人々を招
き、その階級に応じて贈り物をする。このとき主催者とその親
族は、気前のよさを最大限に発揮してその地位を誇る。一方招
待された者は、機会を見つけて盛大な祝宴を開き、返礼する。
　さらに供犠について触れながら、モースは、

　　人々が契約を結ばなければならない存在、また人々と契約を
　結ぶためにある存在の最初のものは、死者の霊と神々であっ
　た。したがって、それらは地上の物や財貨の真の所有者であ
　った。つまり死者の霊や神々と交換することが最も必要であ
　り、交換しないことは極めて危険であった。[20]

---

(19)　『贈与論』、40 頁。
(20)　前掲書、42 頁。

と論じる。

　セプティマスの自殺は「第4の義務」、すなわち「神々や自然の霊、死者の霊に対する贈与」に係わるものではないだろうか。

　ブラッドショー自身が営んでいる診療所に入ること勧められ、ウォレン・スミス夫妻はともに彼へ嫌悪の情を抱いて、邸宅を去る。「均衡の感覚」を押しつけられたのだ。「均衡の感覚」は、「英国を繁栄させ、狂人たちを隔離し、出産を禁じ、絶望を罰し、不適応者が自らの見解を広めるのを不可能にする」（84）。これは優生学である。

　帰宅したセプティマスは、居間のソファに横たわり、薔薇の花や壁紙に金色の光が輝いては翳るのを見つめている。

　外では木々が、大気の底に網をめぐらすように、葉を広げている。水の音が部屋にあり、その波を抜けて鳥の歌う声がする。あらゆる霊の力がその宝を、私の頭上へ降り注ぐ。（...）壁の上を動く金色の点—ほら、あそこ、ほら—あの点のようにどこか楽しげな暗示を使い、一瞬ごとに自然の女神は、自らの目的を露わにせんとその決意を示す。（118-119）（中略は筆者）

　このときセプティマスは、自然の霊とコミュニケートしている。（「あらゆる霊の力」は ‘every power’ の訳だが、‘power’ には「神、悪魔、超自然力」といった意味がある。また「自然の女神」は、‘Nature’ の訳。）

　下宿屋の女将であるフィルマー夫人の娘のため、リツィアは帽子を作っている。そんな妻と何でもない会話を交わし、ひととき彼は幸福な時間をもつ。

　しかし、そこにホームズ医師がやって来る。ブラッドショー

とともに、彼はセプティマスを圧迫する存在だ（「ホームズと
ブラッドショーが、のしかかってくる！」（125））。診察を断
るリツィアだが、医師は彼女を押しのけ、階段を上がって来
た。迫る足音。遂に、セプティマスは窓から身を投げる。その
ときの科白が、こうだ。あえて原文で示す。

'I'll give it you!'（127）

'you' をホームズ医師と見て、これを彼に当てつけた自暴自棄
な言葉と解釈すれば、「くれてやる！」という訳になるだろう。
だが、'you' を死者エヴァンズ、あるいは自然の霊たちと捉え
れば、どうだろう。「あなた（がた）に贈る！」とも訳せるのだ。
後者の解釈を採用すれば—もちろん自殺は痛ましい事件なのだ
が—セプティマスは「第 4 の義務」、「神々や自然の霊、死者の
霊に対する贈与」を遂行したのではないだろうか。前半部で述
べたように、贈与のサイクルにおいて交換されるのは「自分の
時間であったり命であったり自分自身の何らか」である。死者
たちのプラットフォームに立つ彼は、まさに自らの「命」を交
換したのではないか。

8

　パーティの最中、クラリッサはある青年（もちろんセプティ
マスのこと）が自殺した話を耳にする。「ああ、私のパーティ
に死が入り込んできた」と最初は思う。しかし、青年が自殺す
る情景を想像しながら、彼女は次第にその青年、セプティマス
に共鳴していく。

　私は一度、サーペンタイン池に 1 シリング銀貨を投げ入れた

ことがある。1シリング、それだけ。でもその青年は身を投げた。私たちは生き続ける。(...) 私たちは年老いるだろう。大切なものがひとつある。私の生活のなかで、おしゃべりに飾られ、汚され、曇らされていく、ひとつのもの。堕落、嘘、おしゃべりのなかで、日に日に滴りおちていくもの。これを青年はまもった。死は反抗。死はコミュニケーションの試み。人々は、中心に達することができないと感じる、その中心は不思議に身を隠し、集まっていたものがばらばらになり、歓喜は色あせる。人は孤独なもの。死には、抱擁がある。(156)（中略は筆者）

　大切なものをまもるための自殺。村上春樹の『ノルウェイの森』（1987）で、「私何も心配していないのよ、レイコさん。私はただもう誰にも私の中に入ってほしくないだけなの。もう誰にも乱されたくないだけなの」[21]と言って自殺する直子を、筆者は想起する。そしてまた想起するのは、『存在と時間』（*Sein und Zeit*, 1927）を著したハイデガーである。

　ハイデガーは、現存在（Dasein、英語で言えば being there、今そこにある人間）には、本来的と非本来的、2つの様相があると言う。日常的な現存在は平均化・平坦化された「ひと（Das Man）」として、無意味なおしゃべり、「空談」に埋没している。これが非本来的な様相。一方本来的な様相は、不安、とりわけ死に対する不安を介して、現出する──「死は、最も自己的な、他と無関係な、追い越し得ない可能性として露われる。このような可能性として、死は、ひとつの優れた差し迫りなのだ」[22]。

<hr />

(21)　村上春樹、『ノルウェイの森（下）』、講談社、1987年、241頁。
(22)　ハイデガー、『存在と時間（中）』、桑木務訳、岩波文庫、1961年、233頁。ただし、原文の「です・ます調」を本論の文体に合わせて「だ調」に替えさせていただいた。以降、同書からの引用についても、同じ。

死という「追い越しえない可能性」に、現存在は「先駆」する。それは、俗な表現をすれば、明日死ぬやも知れぬ我が身を意識することであろうか。「[死への]先駆は現存在に、もっぱら自分の最も自己的な存在に関わっている存在可能を、ひとり自分自身から引受けねばならないように、了解させる。死は (...) 現存在を単独者として要求するのだ」([ ] および中略は筆者)[23]。人は孤独、死は、自分ひとりで引き受けなければならない。本来的な現存在とは、「死への存在」である。

セプティマスに共感するクラリッサの内的独白は、現存在の、非本来的様相(空談に埋没する「ひと」)から本来的様相(「死への存在」)への転換を語っているようにみえる。それは本論に引きつければ、死者たちのプラットフォームへ移行することだろう。

ハイデガーの言う現存在の本来的様相は、死という可能性に対する構えを指していて、もちろん自殺を賞揚するものではない。またハイデガー自身はクールに現存在を分析しており、本来的様相と非本来的様相に上下をつけてはいない。しかし、「本来的」という表現には優位性が潜在している。セプティマスや直子のように死をもって「命」の贈与を完了することはなくとも、現存在が死に対して構えるとき、死者とのコミュニケーションの回路が起動する。構えることが、死者への一種の贈与と言うべきか。「返礼」として、今ある生が大切な宝として現れ、世界あるいは自然がより美しさを増す。これは、芥川龍之介の「末期の眼」に通じる事態だろう。

芥川龍之介は1927年7月25日、『東京日日新聞』に「或旧友へ送る手記」を発表した。そこには「唯自然はかういふ僕にはいつもよりも一層美しい。君は自然の美しいのを愛し、自殺

---

(23) 前掲書。255頁。

しようとする僕の矛盾を笑ふであらう。自然の美しいのは，僕の末期の眼に映るからである」と記されている。(後に川端康成が「末期の眼」(1933) でこれを取り上げ、知られるようになる。) 先に言及した伊東静雄の「水中花」にある「吾」も、「末期の眼」を有していると言えるだろう。死に対して構えること、死者たちのプラットフォームへ移行することがひとつの贈与であるとしたら、繰り返すが、返礼は世界の美しさとなるだろう。また、自らの死を贈与するセプティマス（あるいは直子）への返礼は、日々の空談（直子の場合は性的行為）で失われていく大切なもの、だろうか。[24]（生の大切なものが、死によって逆説的に与えられる。皮肉である。）それはまた、死者たちとのコミュニケーション＝贈与・返礼がもたらすと言われる、多くの富のひとつかもしれない。

「死はコミュニケーションの試み」というクラリッサの科白は、死者エヴァンズの声を聞いたセプティマスのつぶやき、「コミュニケーションは健全、コミュニケーションは幸福」と共振する。しかしセプティマスという分身、いわば代理的存在のおかげで、クラリッサ自身が死者のプラットフォームに移行することはない。

こうして贈与論的に『ダロウェイ夫人』を読むとき、クラリッサ―ピーター間の贈与と返礼が、そしてセプティマスによる「神々や自然の霊、死者の霊に対する贈与」が浮かび上がってくる。

---

(24)　直子の死は、思春期の感傷を極端化したものともとれる。ともあれ『風の歌を聴け』(1979) 以来、村上春樹の作品には、失ったものへの哀惜・挽歌という側面が確かにある。

9

蛇足をふたつ付す。

まず、ひとつめ。

ビッグ・ベンの鐘が正午を告げる頃、ウォレン・スミス夫妻は、精神科医サー・ウィリアム・ブラッドショーの邸宅を訪れる。ホームズ医師に紹介され、妻のリツィアが、病んだ夫セプティマスを連れて行ったのだ。

ブラッドショーの邸宅の前には、灰色の自動車が停まっている。彼のものである。車内には夫人の体を温める、「灰色の毛皮や銀白色の膝掛けがつみ重ねてあった」(80)。すでに地位と名声を築いていたブラッドショーは、現在以上に「高級」で「ハイカラ」な商品であったろう自動車を所有している。彼は、市場経済においても勝者であった。

ブラッドショー夫人は写真が趣味で、撮ったものは「プロ写真家の作品とまず区別がつかない」(81) ほどの腕前である。この「写真」や、後発の「アナログレコード」は、複製技術によって大量生産が可能であり、実際 20 世紀に入って市場に多く流通するようになる。（セプティマスがソファに横たわる居間には、蓄音機がある。(120)）特定の時・特定の場で生起した 1 回限りの風景・光景、コンサートで演奏者と聴衆が共有する 1 回限りの時空が複製され流通し、「アウラ」が失われていく。

明治維新以降急速な西洋化を推し進めた日本だが、20 世紀が始まってまもなく幸田露伴（1867-1947）は「当世の実状」として、「実際生活に没交渉な空疎な人」が増えてきたようだ、と批判する。そしてこう述べる。

此の多数の空疎な人が顧客であれば、商品はおのづから堅実を欠く。此の多数な空疎な人が相手で有れば、工業は不親切になる。実際生活に空疎な人が顧客であれば、外観のみが美で、実質は良く無い商品でも排斥されずに済む。[25]

さらに露伴は、「ゴブラン織やセーブル陶器の名を知って居て、自分の着て居る物の名も知らず、手にして居る湯呑の佳不佳も知らぬのが、今の人の通弊」であり、「砂糖屋の前を自働車で走ったのでは甘みは知れまい」と辛辣さを増す。

　市場経済が発達し、資本主義社会における人々の活動が生産から消費に中心を移すと、商品に内在する使用価値よりも、交換価値に付加される象徴価値が重きをもつようになる。象徴価値とは「外観」であり「名」であり、つまるところ「記号」である。そしてその商品を所有する人が「社会的に何者であるか」を表示する。「実際生活に没交渉な空疎な人」とは、「手にして居る湯呑」の使用価値を充分に知らぬまま、「ゴブラン織やセーブル陶器の名」がもつ「ハイカラさ」という記号を好んで購入し消費する者である。

　20世紀初頭の日本と英国では資本主義の進捗度に差があり、もちろん英国の方が度合いは高かったろう。ブラッドショー夫妻が所有する自動車も毛皮も膝掛けも、彼らの地位を表象する「記号」なのだ。彼らは、記号が交換される市場経済においても勝者である。そして前章の終わりで述べたように、「贈与経済」と「市場経済」は、相異なるものである。

(25)　長田弘、『なつかしい時間』、岩波新書、2013年、71-72頁。

10

蛇足ふたつめ。

クラリッサの夫、リチャード・ダロウェイ氏による小さな返礼についても言及しておこう。

ブルトン夫人が開いた昼食会からの帰り、リチャードは、同じく会に呼ばれていたヒュー・ウィトブレッドと共に宝石店に入る。リチャードはふと思う、「私はクラリッサに贈り物をしたことがない、いや、2、3年前にブレスレットを贈ったが、うまくいかなかった。あれは身につけてくれなかった」。そして店を出てヒューと別れたリチャードは考える、「でも何かをもって帰りたいな、花か？そう、花だ」(97)。

赤と白の薔薇の花束を携えて、リチャードは歩く。戦争で命を落とした者たちのことを考えれば、奇跡のようである。クラリッサに「愛している」と言うために、こうしてロンドンの街を歩いているからだ。

クラリッサと結婚できたなんて奇跡だ、彼はくりかえした。(98)

「クラリッサとの結婚」という贈与に対して、リチャードはささやかな反対給付を行おうとする。

一方クラリッサは、自宅で夜に開くパーティのことで気を揉んでいる。そこにリチャードが帰ってきた。花束を差し出すその姿にクラリッサは驚く。しかしリチャードは「愛している」という言葉を発せられない。だが、

なんてきれい、花束を受けとりながら彼女は言った。わかっ

てくれている、言葉にしなくてもわかってくれている。私の
クラリッサは。(100)

リチャードが内的独白したあと、クラリッサは、マントルピー
ス上の花瓶にその花々を挿す。なんてきれいなのかしら、と彼
女は言う。大抵の家庭内で日常的に数多く存在する、小さな贈
与と返礼がさらりと描かれていて、『ダロウェイ夫人』という
小説中、微笑ましい光景のひとつである。(もっとも、前章で
その可能性を示唆したように、クラリッサがピーターと出奔す
ることになれば、リチャードは裏切られてしまうわけだが。)

第4章

『燈台へ』を読む
——他者論的視座から（1）

1

　ヴァージニア・ウルフの5作目の長編『燈台へ』（*To the Lighthouse*, 1927）[1] は、私的な要素の濃い小説である。ウルフは、1925年5月14日の日記に、『燈台へ』の構想をこう記している——「父の性格を完全に描くこと。それから、母の性格に、セント・アイヴズに、子供時代。そして、いつも書きこもうとすることをみんな——生、死など。でも、中心は父の性格。父はボートの中に腰かけて、我等は滅びぬ、みなひとりにて、と吟じながら、死にかけている鯖をおし潰す」。[2]

　実際に出来上がった小説では、「中心」は母に移行しているようだ。ウルフ自身も、後に次のように述懐している——「私はあの本を非常にはやく書いた。そして、書いてしまったとき、母にとり憑かれるのが止んだのだ。もはや私は母の声を聞

(1)　テクストには Virginia Woolf, *To the Lighthouse*（Oxford University Press,［1927］1992）を使用した。『燈台へ』の引用は、すべてこのテクストからである。基本的には、原文すなわちウルフの精妙な文体をそのまま示す。だが、短い引用は拙訳にした（ただし、原文の参照が必要と思われる場合は、適宜、添えることにする）。その際、伊吹知勢氏による翻訳（みすず書房、1976年）を参考にさせていただいた。また、頁数は引用の後に付す。

(2)　Virginia Woolf, *The Diary of Virginia Woolf III*, ed. Anne Olivier Bell and Andrew McNeillie,（The Hogarth Press, 1980）, pp.18-19.

かず、母に会うこともない。／精神分析医が患者に対してすることを、私は自分に対してしたのだと思う。私は、非常に長い間、心の奥深くで感じてきたある感情を表現した。そして、表現することによって、その感情を説明し、鎮めたのだ」。[3]

　ここから、『燈台へ』を、母を 'exorcise' する儀式と捉える批評家も現れる。[4] また、フェミニズムの立場から、「娘」が「母」をいかに拒みつつも継承するかを語った物語として、この小説を読む者もいる。[5] だが、私は敢えて他者論的視座から『燈台へ』を捉えてみたい。その際に、柄谷行人、エマニュエル・レヴィナスそして木村敏らによる他者論を援用する。

2

　柄谷行人は『探究Ⅰ』[6] において、ウィトゲンシュタインを援用しながら、他者論を展開してみせる。柄谷の言う「他者」は、子供あるいは外国人、言いかえれば、私の言葉をまったく知らない者に教え込もうとするとき、はじめて立ち現れる。そのような他者は、私自身の確実性を失わせる。「教える」立場にある私は、「学ぶ」側である他者の合意を必要とし、その恣意に従属せざるをえない弱い存在である。「教える」側からみ

---

(3)　Virginia Woolf, 'A Sketch of the Past' in *Moments of Being* (London: Grafton Books, 1989), p.90.

(4)　例えば、Daniel Ferrer, *Virginia Woolf and the Madness of Language*, trans. Geoffrey Bennington and Rachel Bowlby (London: Routledge, 1990), pp.40-64.

(5)　例えば、Phyllis Rose, *Woman of Letters: A Life of Virginia Woolf* (London: Pandora, 1986), pp.153-73. そして Ellen Bayuk Rosenman, *The Invisible Presence* (Baton Rouge : Louisiana State University Press, 1986), pp.93-113.

(6)　柄谷行人、『探究Ⅰ』、講談社学術文庫、1992 年。以後、「柄谷」と略記し、頁数とともに本文に組み込む。

れば、私が言葉で何かを「意味している」ということ自体、他者がそう認めなければ成立しない。私自身のなかに「意味している」という内的過程などない。私が何かを意味しているとしたら、他者がそう認める何かであるほかなく、それに対して私は原理的に否定できない。私的な意味（規則）は存在しえないのだ。

　同じことは「売る」立揚にも言える。商品は売れなければ（交換されなければ）、価値ではない。商品の価値は、前もって内在するのではなく、交換された結果として与えられる、前もって内在する価値が交換によって実現されるのではない。

　外国人や子供に教えることは、共通の規則（コード）をもたない者に教えることである。共通の規則をもたない他者とのコミュニケーション（交換）は、「教える—学ぶ」あるいは「売る—買う」という非対称な関係にならざるをえない。共通の規則を言語ゲームという語で置き換えるなら、柄谷にとって「対話」とは、言語ゲームを共有しない者（すなわち他者）とのコミュニケーションである。また、交換（コミュニケーション）は共同体と共同体の「間」で行われるが、その場合の「共同体」は、村や地域共同体や組織や国家だけを意味するのではない。共同体とは共同性であって、ひとつの言語ゲームが閉じる「領域」である。

　「他者」は具体的には、商品の買い手であっても、外国人であっても、子供であっても、動物であってもよい。そして、他者との間にコミュニケーション（交換）つまり「対話」を成立させるには、「暗闇の中での跳躍」（クリプキ）または「命がけの飛躍」（マルクス）が必要なのである。「対話」がなぜ成立するのかは、ついにはわからない。規則（コード）はあとから見出されるのだ。「跳躍」はそのつど盲目的であって、そこに「神秘」がある。（以上、柄谷 7-11、18-20、38、50）

『燈台へ』の第3部中、リリー・ブリスコウは心の中で、年老いたオーガスタス・カーマイケル氏に以下のように問いかける。

What was it then? What did it mean? (...) Was there no safety? No learning by heart of the ways of the world? No guide, no shelter, but all was miracle, and *leaping from the pinnacle of a tower into the air?* Could it be, even for elderly people, that this was life? —startling, unexpected, unknown? （243, my italics）

　リリー（44歳の独身女性）は、まるで子供が大人にそうするように、老カーマイケル氏にものの意味を問う―― 'What did it mean?' だが、答は与えられない。柄谷は子供を他者の一例に挙げたが、子供にとっても大人は、「言語ゲーム」を異にする他者である。「どういう意味ですか」という問いに対して、確固たる返答が準備されているような共通の規則（コード）は、他者との間には存在しない。他者と交わらねばならない世界つまり世の中には、まさに、あらかじめ諳じられるような法則などないのである（'No learning by heart of the ways of the world'）。にもかかわらず、「神秘」的にも、日常において他者とのコミュニケーションは成立してしまう―― 'All was miracle.' しかし、「対話」のためには、「暗闇の中での跳躍」、「命がけの飛躍」、つまり 'leaping from the pinnacle of a tower into the air' が必要とされるのだ。リリーは問う、'this was life? —startling, unexpected, unknown?' 然り、と言える。人生において遭遇せざるをえない他者を、エマニュエル・レヴィナスは「未来」になぞらえて、「捉えられないもの、われわれに不意に襲いかかり、われわれを捕えるもの」にして、「先取り〔予測〕」のできない（'unexpected'）ものだ、と言う。[7] また木村敏に

よれば、他者とは、絶対的に未知の（つまり 'unknown'）もの、不可知のものである。[8]

　私は『燈台へ』を、リリー・ブリスコウが他者との「対話」を、レヴィナスの言葉を借りれば「向かい合わせ face-à-face の関係」[9]を成立させる物語として読んでみたい。また、木村敏は、「人は自分ひとりだけで『自己』であることはできない。自己が自己自身であるということは……自己が他者との関係の中で自己自身となるということである」と述べている。[10]だとすれば、この小説は、自己が自己自身となることを語る物語とも呼べるかもしれない。

3

　『燈台へ』は、「窓」、「時は過ぎゆく」、「燈台」の3部から成る。舞台は、西スコットランドはヘブリディーズ諸島のひとつ、スカイ島にあるラムゼイ家の別荘である。第一部「窓」では、第一次大戦前、夏休みを別荘で過ごすラムゼイ家の人々および滞在している客たち（幾人かは村に部屋を借りている）の、とある日の夕べから真夜中過ぎまでが語られる。

　客の一人、リリー・ブリスコウを中心に、第一部を辿ってみよう。彼女は別荘の庭で、絵を描いていた。ラムゼイ氏の友人で、男やもめの植物学者ウイリアム・バンクス氏に散歩に誘われても、リリーは絵から眼を離すのに骨が折れる。「ジャック

---

(7) エマニュエル・レヴィナス、『時間と他者』、原田佳彦訳法政大学出版局、1986年、67頁。柄谷行人も『探究Ⅰ』で、この書に言及している。

(8) 木村敏、『分裂病と他者』、弘文堂、1990年、17頁。「序」で、柄谷行人に言及している。

(9) エマニュエル・レヴィナス、前掲書、5頁。

(10) 木村敏、前掲書、189頁。

マナは鮮やかな菫色、壁は眼を見はるような白」(27) と、風景は彼女の眼に映る。ポンスフォート氏がこの島に来て以来、あらゆるものを「淡く、優美で、半透明に」(27) に描くのが流行となった。だが、リリーには、「鮮やかな菫色」や「眼を見はるような白」をいじくるのは正直なことと思えない。彼女には、ポンスフォート流という共通の規則から逸脱する、風景そのもの（他者）が見えているのだ。

　しかし、眼にはっきりと映じても、筆を手にした途端に「すべては変わってしまう」(28)。風景を描くこと、それは風景（他者）との「対話」である。また、キャンバスがいずれ晒されることになる、他人の眼との「対話」でもある。先に説明したように、「対話」には「暗闇の中での跳躍」が必要とされた。が、それは恐怖の瞬間だ。したがって、リリーには「網膜に映じた像からキャンバスへの一瞬の飛躍（'that moment's flight between the picture and her canvas'）」(28) が、「子供にとっての暗い廊下（'a dark passage for a child'）」(28) のように恐ろしいものと感じられ、涙が流れそうになる。だが彼女は勇気を失わず、「でも私にはこう見える、こう見えるのだ」と、ヴィジョンの残骸を胸に抱きしめ、格闘していたのだ。

　リリーはバンクス氏の誘いに応じることにして、絵筆を箱にしまい、散歩にでかけた。二人は果樹園にさしかかる。リリーは梨の木の傍に立って、ラムゼイ氏とバンクス氏を比較する。彼女には、確固とした判断の基準（コード）がわからなかった。

　　How then did it work out, all this? How did one judge people, think of them? How did one add up this and that and conclude that it was liking one felt, or disliking? And to those words, what meaning attached, after all? (35)

どうやって人を判断し、評価し、好きか嫌いか結論づけるのかと訊いているわけだが、'work out' や 'add up' といった語句が用いられているのに注目したい。まるで人が商品であり、その商品の交換価値をどう算定（work out）したらいいのか訊いているみたいである。柄谷は言う、「商品自身には価値は内在せず、他の商品（貨幣）と交換されるほかに価値を与えられない」、そして「商品の価値は "社会的" である。しかし、それは、価値なるものが社会的規範（コード）としてあることを意味するどころか、交換という盲目的な飛躍、その無根拠性を意味している」と（柄谷 118、119）。

仮に人を商品に見立て、柄谷にしたがうなら、人にはこちらから好きだとか嫌いだとか決めるに値する内在的価値などない、ということになる。そして「好き」とか「嫌い」という言葉 'those words'（＝貨幣）と交換されることによってのみ、はじめて人は価値を与えられるのだ。だが、交換とは盲目的な飛躍であり、そこに合理的な根拠はない。人（'people'）と言葉（'those words'）を等置することに、いかなる合理的根拠もないのだ。意味 'meaning' は、盲目的飛躍のあと、いわば事後的に与えられる。'And to those words, what meaning attached, after all?' と問うリリーは、百円玉を眺めながら、どうしてお菓子と交換できるのだろう、と訝しがる子供に似てはいないだろうか。

ともあれ、人を判断するための共通の規則（交換の規則、言語ゲーム）など、前もって存在しないのである。リリーは、ラムゼイ氏やバンクス氏という他者と向かい合う（「向かい合わせの関係」に立つ）。二人の男性の印象が、彼女の上に降りかかってきた。

and to follow her thought was like following a voice which

speaks too quickly to be taken down by one's pencil, and the voice was her own voice saying without prompting undeniable, everlasting, contradictory things,（35）

　自らの思考を追うことが、声を追うことに譬えられる。そして、その声はあまりに早口で、鉛筆で書きとめることができない。柄谷によれば、「われわれは、話すとき、それを自ら聞いている。『話す主体』は『聞く主体』なのであり、そこに一瞬の"遅延"がおおいかくされている」（柄谷33）。だがリリーにおいては、このとき、おおいかくされているはずの"遅延"が露出してしまっている。「声」つまり「話す主体」があまりに早すぎるので、その声を聞き「鉛筆で書きとめる」主体、すなわち「聞く主体」はついていくことができない。そのため、通常隠蔽されている二つの主体間のずれ（あるいは裂け目、差異）が顕わになるのだ。引用文により正確に則るなら、「考える主体」と「考えを分節化し、書きとめる主体」とのずれが。

　また、柄谷はこう述べる――「ひとは何か考えを話すのではなく、たんに話すのだ（たとえば、幼児は"意味もなく"たんにしゃべる）。だが、それをわれわれ自身が聞くとき、その言葉が何かを意味していると思うのみならず、まるで前もってそのような『意味』が内的にあったかのように思いこむ」（柄谷33-4）。

　「話す主体」の声に前もって意味はなく、「聞く主体」が「一瞬の"遅延"」（ずれ）の後に、声に意味を与え、声を回収するのである。（「考える主体」の「考え」も、意味が付与されていないという点では、実はまだ「考え」ではなく――それゆえ声に譬えられるのだろうが――意味をもった「考え」となるには、"遅延"を経て、「分節化する主体」のはたらきが必要なのだ。）したがって、"遅延"（ずれ）が露呈したとき、「聞く主体」が

ついてこられないので、「話す主体」のしゃべることはまだ合理的に分節化されておらず、'contradictory' である。そして、「話す主体」は「聞く主体」に常に先行するがゆえに、'undeniable, everlasting' なのだ。

　大事な点は、リリーにおける二つの主体間のずれが、他者と向かい合い、その印象が降りかかってきた（'impressions poured in upon her of those two men' 35）ときに、露出してしまったことである。「話す主体」と「聞く主体」が無批判に、自明のごとく等号で結ばれているとき、そこに他者はいない。他者と向かい合うとき、隠蔽されていた、等号で結ばれていることの「無根拠的な危うさ」（柄谷 49）が露呈する。「話す主体」＝「聞く主体」という疑似的自明性、内的な確実性が失われるのだ。他者が「聞く主体」と同じように、「話す主体」の声に意味を与えてくれるかどうか、なんともわからないからである。「私にいえることは万人にいえると考えるような考え方こそが、独我論なのである」（柄谷 12）。他者は、「聞く主体」による意味づけが「万人にいえる」と考える「独我論」を揺さぶり、批判するのだ。

　リリーは、ひとつの首尾一貫した枠組（規則、コード）に収まりきれない他者を認める。彼女はバンクス氏に、あなたは偉大だが、ラムゼイ氏はそうでない、と言う。ラムゼイ氏は「狭量で、わがままで、見えっ張り、自己中心的で、甘やかされた暴君」（35）なのである。でも、あの方はあなたにないものをおもちです、ともリリーは言う。それは「炎のように激しい非世俗性」（35）であり、ラムゼイ氏は日常の些細なことはまるで知らず、犬や子供たちを愛している、と。バンクス氏についても、彼女は「見えっ張りでなく、偏見もまったくない」（34）とか「心の広い、純真な、雄々しい方！」（35）と評する。その一方で、彼がはるばる島まで従僕を連れてきたり、犬が椅子

にあがるのを嫌がったり、野菜に含まれた塩分やイギリスの料理人のことを延々としゃべってラムゼイ氏を怒らせたことも思い出すのだ。

こうして、二人の男性に関する種々雑多な印象が、「蚊の群れのように、それぞれ離れているのに、眼に見えない伸縮自在の網の中に不思議にも捕えられて、踊りまわっていた」(36)。「伸縮自在の網」とは、「リリーの心」(36) の比喩である。印象の群れは、彼女の心の中を飛びまわるが、ひとつの規則のもとに結晶化することはない。

4

散歩から帰り、道具を片づけていると、リリーの脳裏に「教えたり、説教したりするのは、人間の力ではできないのでは ('Teaching and preaching is beyond human power')」(63) という疑いが浮かぶ。教える立場に立つこと（つまり、他者と向かい合うこと）の困難さを考える彼女の前に、ラムゼイ氏という他者が近づいてきて立ち止まるが、また踵を返して去って行った。傍のバンクス氏と会話しながら、再びリリーはラムゼイ氏を批評する。やはり「この上なく誠実で、真面目な方（...）とても善良な方。でも（...）自分のことに夢中で、暴君で、公平さを欠く人だわ」(64)と、相反するような評価が並置される。

リリーは批評の矛先をラムゼイ夫人にも向けようとするが、恍惚としたバンクス氏の眼差しに妨げられる。彼はうっとりと、恋する若者のように、ラムゼイ夫人を眺めていた。リリーはその眼差しに、純化され、不純物を濾過された「愛」を感じる。

love that never attempted to clutch its object; but, like the love

which mathematicians bear their symbols, or poets their
phrases, was meant to spread over the world and become part
of the human gain. (65-6)

　対象に決してつかみかかろうとしない愛。しかしそれは、数
学者が記号に対して、詩人が言葉に対して抱く愛、言いかえれ
ば、共通の規則（コード）に対する愛である。（もっとも、詩
人は、そのコードを変える存在にもなりうるが。）それは貨幣
のように世界中に広がり、共同体の利得（'the human gain'）
になるものだ。ラムゼイ夫人が息子ジェイムズにお伽噺を読ん
できかせる光景は、バンクス氏に「科学上の問題を解決したよ
うな」(66)効果をもたらす。つまり彼はコードを見出したのだ。
　だが、バンクス氏がラムゼイ夫人に見出すコードは、既存の
コードである。それは、「家の中の天使」というコードだ。作
者ヴァージニア・ウルフによれば、「彼女〔「家の中の天使」〕
は極度に同情的でした。彼女はひどく魅力的でした。彼女は全
く非利己的でした。彼女は家庭生活の、いろいろとむずかしい
技術に優れていました。彼女は毎日、自分を犠牲にしていまし
た。……とりわけ──言うまでもありませんが──彼女は純粋
でした。彼女の純粋さは彼女の目立った美しさ──顔を赤らめ
ること、いかにもしとやかであること、にあったと思われま
す。当時は──ヴィクトリア女王の晩年には──どの家にもそ
の『天使』がおりました」（〔　〕筆者）。[11]
　確かにラムゼイ夫人は、「家の中の天使」的なのである。彼
女は、同情を求める夫（'He wanted sympathy.' 52）に応じる。
第三部でリリーは、「ラムゼイ夫人は与え通してきた。与えて、

──────────

[11]　ヴァージニア・ウルフ、「女性の職業」、『若き詩人への手紙』所収、
　　大沢実訳、南雲堂、1957 年、65 頁。

与えて、与えて、亡くなられたのだわ」(203) と思う。そして
バンクス氏も「美の女神たちが集まり、アスフォデルの牧場で
力を合わせてあの顔を造ったようだ」(41) と感じる。鳥打帽
をちょこんと頭にのせたり、オーバーシューズをはいたまま芝
生を駆抜けたり、ラムゼイ夫人には、どうも「家の中の天使」
にそぐわないもの（コードから逸脱するもの）がある、と彼も
気づいてはいる。しかし、彼にとってそれは「調和に組み込ま
れなければならない」(42) ものであった。

　リリーもまた、バンクス氏と同様に「愛」の感情に駆られる。
ラムゼイ家の人々に眼をやると、「彼女自ら『愛している』と
呼ぶ感情が、彼らに押し寄せていった」(64)。「愛の眼を通し
て」(65)、迫ってきては退却してゆくラムゼイ氏や、窓辺にジ
ェイムズと一緒に腰をおろしているラムゼイ夫人や、行く雲や
たわむ樹を眺めていると、「人生が波のように、一体となって
捲き上がる」(65) のを彼女は感じる。リリーもこのときひと
つの調和（コード）——この場合ヴィクトリア朝的一家団欒の
図——をみているのだ。

　したがって、リリーにはバンクス氏のラムゼイ夫人への「愛」
が理解できる。彼に深い感謝の念さえ抱く。二人は、夫人にほ
ぼ同じものをみている。だが「彼女は、すべての女性を蔽いつ
くすこの尊敬から身を隠した」(66)。自らは、「家の中の天使」
というコードに、明白に当てはまらないからだ。スーザン・デ
ィックが指摘するように、リリーは未婚で、女流芸術家であ
り、19 世紀から 20 世紀にかけて「変わった女 ('an odd
woman')」と呼ばれた女性たちに属する。[12] また、ときにリリ

---

(12)　Susan Dick, *Virginia Woolf,* (London: Edward Arnold, 1989), p.54.
　　　「変わった女」に関しては、次を参照されたい。Elaine Showalter,
　　　'Odd Women' in *Sexual Anarchy: Gender and Culture at the Fin de Siècle*
　　　(London: Penguin Books, 1990), pp.19-37.

一自身、「私は女ではなくて、思うに、気難しい、怒りっぽい、涸びた老嬢なのだわ」（205）と卑下することもある。

　自分の絵に眼を移すと、リリーは泣きたくなった。拙いのだ。ポンスフォート流のコードから逸脱する風景（他者）をキャンバスに移すことの困難さを、再び彼女はかみしめる。そのとき、ラムゼイ夫人を批評しかけたことを思い出した。美しい「家の中の天使」というコードから逃れていく他者性、あるいは「何かそぐわないもの」（'something incongruous'）（42）を、バンクス氏と違いリリーは無理矢理調和（コード）に組み込まない。ただ、他者と「向かい合わせの関係」に身を置く。ラムゼイ夫人のことを「紛れもなく、最上に美しい人。(...) たぶん、世界でいちばん善良な人。しかし、人があそこに見る完全無欠な姿とは違ってもいる」（67）とリリーは評する。では、「人があそこに見る完全無欠な姿」と実際のラムゼイ夫人とは、どう違うのか。リリーによれば、夫人には「横暴なところ」（67）がある。「目にも留まらぬ飛鳥や直進する矢みたい。それに、依怙地で、威圧的」（68）でもある。[13] こうして、夫人に関しても、相反する評価が並置されるのだ。

　また、次のようなことも、リリーは思い出した。ある夜遅く、夫人は彼女の寝室を訪れて、チャールズ・タンズリィやカ

---

[13]　ウルフの日記によれば、女流作家に与えられるフェミナ賞を彼女が受賞したとき、母の友人だったエリザベス・ロビンズに会う機会があった。ロビンズが言うには、（ラムゼイ夫人のモデルである）母ジュリアは、「この上なく美しいマドンナで、かつ世界で最も完全無欠な女性」であった。だが、急にマドンナらしからぬ、突拍子もないことを言って、「悪意がある」と人にとられることもあった、とロビンズは付け加える。これをウルフは面白がる。（1928年5月4日、*The Diary of Virginia Woolf, III*, op. cit., pp.182-3.）以上のことは、エレン・ベイユク・ローゼンマンの指摘によった（Ellen Bayuk Rosenman, op. cit., p.100.）。

―マイケル氏やバンクス氏の真似を、意地悪いひねりさえ加えながら、してみせる。そのうえ、「みんな結婚しなければ駄目」(68)というヴィクトリア朝の「普遍的法則」(69)を振りかざす。自分には絵があると、法則からの免除をリリーは主張するが、夫人は認めてくれない。このとき、規則から逸脱するリリーの他者性を、ラムゼイ夫人の方は、みようとしないのだ。

　一方リリーは、ラムゼイ夫人という他者の本質を、ふと捉えたように思う。(子が母にそうするように)夫人の膝に頭をのせて、彼女は、ほとんどヒステリックに笑いこける。夫人が、自らにはわからない他人の運命を司ろうとするからだ。「彼女は夫人をあらためて感じとった」(69)。眼をあげると、夫人には「何か澄みわたったところ」(69)がある。

　だが、それが何なのか、リリーにはわからない。「英知」(69)なのか、それとも「まやかしの美」(70)なのか、彼女は逡巡する。「何なのかわかっても、それを他人に教えることができるかしら」('if they knew, could they tell one what they knew?')」(70)とも考える。他人に伝えるための、共通のコードの不在。ラムゼイ夫人の心の部屋に立っている、「聖なる碑文」(70)が刻まれた銘板を、彼女は想像する。「碑文」を、ジュリア・クリステヴァの言う「原記号態」と結びつけることは可能かもしれない。だが、それは「決して公にはされず('never made public')」(70)、意味を解読されて「記号象徴態」つまり共通のコードになることはない。[14]

　「碑文」の解読よりも、いっそ愛する者との合一を、リリーは夢見る。

What device for becoming, like waters poured into one jar, inextricably the same, one with the object one adored? (...) Could loving (...) make her and Mrs Ramsay one? for it was

not knowledge but unity that she desired, not inscriptions on
tablets（...）but intimacy itself,（...）she had thought, leaning
her head on Mrs Ramsay's knee.（70）

　ひとつの瓶に注がれた水と水のように、愛する者と、愛によ
って一体となること。「碑文」ではなく、無媒介な「親密さそ
のもの」をリリーは欲望する。木村敏は、幼児から母と「一心
同体」の共生関係にあって、この母とのあいだでは「以心伝心」
ができる、ある女性分裂病患者の例を報告している。(15)子供
のように、リリーは、ラムゼイ夫人の膝に頭をのせている。彼
女が求めるのは、この「一心同体」、「以心伝心」であろう。
　しかし、「以心伝心」が起こる、「親密な」場所には、他者が
排除されている。「自己の自性がそれの否定として成立する」
ような他者、「自己にとって絶対的に不可知な存在」が、無視
されてしまっている。(16)柄谷行人も、こう述べている——「神
秘主義は、私と他者、私と神の合一性である。それは《他者》
を排除している。いいかえれば、"他者性" としての他者との
関係、"他者性" としての神との関係を排除している」（柄谷
250）。幸い（？）リリーの場合、ラムゼイ夫人に次ぐ他者が、
訪れることになる。

---

(14)　記号象徴態とは、「命名と統辞と意味作用と 外 示〔デノタシオン〕——まず、ある
　　《対象》の外示、また次いではある科学的《真理》の外示——とに同
　　時に属するもの」である。原記号態は、記号象徴態に対し「時間的に
　　先行しており、また共時的にはそれらを貫通しているもの」である。
　　それは「弁別可能な性質、非表現的な分節」であり、「幼児の叫び声
　　や母音発音〔ヴォカリーズ〕や仕草のなかに」存在が想定される。だが、原記号態の意
　　味を測定することはできない。（ジュリア・クリステヴァ、「文学の政
　　治性」、『ポリローグ』所収、赤羽研三他訳、白水社、1986年、16-17頁）。
(15)　木村敏、前掲書、196-8頁。
(16)　同書、195頁、198頁。

リリーの欲望は、当然かもしれないが、実現しない（「何も起こらなかった。何も！何も！」71）。二人は立ち上がり、ラムゼイ夫人は部屋を出て行った……。回想からふと我に返ると、バンクス氏が自分の絵を凝視している。彼が新たな他者である。「手が振り上げられ、自分を段ろうとしているのに気づいた犬のように」（71）、リリーはたじろぐ。木村敏の報告する患者が、「道を歩いていて、向こうから来た人に、さしこまれた、つけこまれた、と思う」のに幾分似ている。[17]だが、バンクス氏の凝視は必要である。ツヴェタン・トドロフも、「人間存在が一個の全体として構成されるためには」、「他者のまなざし」が必須のものだ、と言う。[18]また、絵の意味は、他者（バンクス氏）がそう認めることによって、はじめて意味たりえる。リリーも、勇気を奮い起こし、絵を他者の視線に晒すという「恐ろしい試練」（71）に立つ。それは「命がけの飛躍」である。

　紫色の三角形で、リリーは「ジェイムズに本を読んできかせるラムゼイ夫人」を表したのだが、バンクス氏にはわからない。説明すると、では「母と子」という、「普遍的崇敬の対象」（72）ですね、と彼は言う。やはり、既存のコードを彼は絵に当てはめようとするのだ。でも、この絵はお二人を描いたものではありません、あなたのおっしゃる意味では、とリリー。「母と子」という旧来のコードから洩れていくものも盛り込み、一人の女として捉えた印象も越えた「もっと全体的な何か」（73）──他者を、彼女は描こうとする。それを、これまた他者であるバンクス氏に伝えようとするのだ。

　興味をひかれた彼は、さらに説明を求める。リリーも応じる

（18）　ツヴェタン・トドロフ、「人間的なものと人間関係的なもの（ミハイル・バフチン）」、『批評の批評─研鑽のロマンス』所収、及川馥・小林文生訳、法政大学出版局、1991 年、137 頁。

が、退屈させるのを避けて、途中でやめてしまう。しかし、不思議にも、バンクス氏との間に「対話」は成立したようである。先にも述べたように、「対話」がなぜ成立するのかは、ついにはわからない。それは「日常生活に存する『神秘』」（柄谷64）なのだ。言語（コード）は、あとから見出されるのだ。語り手は、リリーの心中をこう語る。

But it had been seen; it had been taken from her. This man had shared with her something profoundly intimate.（74）

このとき、もはや一人ではなく、誰かと腕を組んで長い回廊を歩ける、と彼女は感じた。そして絵道具を片づける。

5

再び、リリーは、バンクス氏と芝生を歩く。ラムゼイ夫妻が、ボール投げをする子供たち（プルーとジャスパー）を眺めていた。ああ、あれが結婚なのね、とリリーは感じる。突然、意味が訪れ、夫妻が「結婚の象徴」（99）として眼に映る。だが、一瞬の後、このヴィクトリア朝的「意味」、換言すれば「一家団欒の図」は崩れ落ち、ただの子供たちとラムゼイ夫妻になる。それだけではない。さらなる一瞬間、意味を付与することでこちらに回収できない、世界の他者性が露出する。それは、広がり（space）や隔り（distance）の感覚をもたらした。

still, for one moment, there was a sense of things having been blown apart, of space, of irresponsibility（...）. In the failing light they all looked sharp-edged and ethereal and divided by great distances.（99）

ヴィクトリア朝的コード（共通の規則）から抜け出ているゆえに、他者性は「無責任（'irresponsibility'）」と感じられるのだろう。しかし、この瞬間も、ボールを追って二人（リリーとバンクス氏）のもとに走り込んできたプルーと、「みんなまだ帰ってこないのかしら」と訊くラムゼイ夫人によって、葬られる。「ラムゼイ夫人は、プルーを家庭生活の同盟に再び連れ戻す」（100）と、語り手は報告する。いわば、夫人自ら、ヴィクトリア朝的共同体へと連れ戻すのである。

　この瞬間、「ものの堅固さがまったく消失してしまったような」（99）瞬間は、テニスコートの芝生の上でも訪れたことがあったが、やはり広がりの感覚を伴っていた（「テニスコートの芝生の上で、ものの堅固さが突然消失し、広大な広がり（'spaces'）が私たちの間に横たわった、あの瞬間」132）。同じ効果が晩餐中、たくさんの蠟燭、カーテンのない窓、そして人人の仮面のような顔によっても生じる。このとき、リリーは「何でも起こりうる（'anything might happen'）」（132）と感じた。（同じことを、10年後、一人ラムゼイ家の別荘でリリーは感じる。）だが、婚約したミンタ・ドイルとポール・レイリィの登場により、再びヴィクトリア朝的意味──「結婚」が、彼女の前に現れるのだ。

　愛の振動が、リリーにも伝わる。浜辺で失くしたミンタのブローチを、翌朝早く探しに行く、というポール。リリーは、彼を是非とも助けたいと思う。だがその一方で、愛は恐ろしく、残酷で、無遠慮なものであり、結婚による堕落から免れている自分をありがたくも思う。またしても、相反する評価が「愛」に対して、同時になされる──「愛ほど退屈な、たわいのない、薄情なものはない、でも、美しくもある、必要でもある」（139）。お互いにそぐわないものを並置せざるをえない、物事（things）あるいは他者たちの複雑さを、リリー自身感じとる

のである。

Such was the complexity of things. For what happened to
her, especially staying with the Ramsays, was to be made to
feel violently two opposite things at the same time;〔138〕

　リリーは、10 年後、他者の複雑さに再び向かい合い、絵に
描くことになる。そしてそれは、広がり（space）の問題に取
り組むことでもあるのだ。

6

　ところで、他者に対して相反する評価を並置することは、他
者の「他者性」を認めることであり、他者と「向かい合わせの
関係」を成立させることである。柄谷によれば、キルケゴール
にとって、キリストは他者であった。キリストの出現は、どん
な合理化も事後的にすぎないような出来事である。キリストを
単に超越者として見出すことも、単に人間として見出すこと
も、キリストという他者を捨象している。「それらは、キリス
トという神人——超越者であると同時に人間である——に直面
していない」（柄谷 185）。また「キリストが神であり同時に人
間であるということは、別の意味では、彼が人間ではなく、ま
た神でもないということである」（柄谷 188）。キリストとは、
「識別不可能なもの」（柄谷 187）なのだ。キルケゴールがわれ
われに指し向けるのは、そしてリリーが直面するのは、このよ
うな他者である。
　ラムゼイ氏は「狭量で、わがままで、見えっ張り、自己中心
的で、甘やかされた暴君」（35）であると同時に、「炎のように
激しい非世俗性」(35)をもち、犬や子供たちを愛しているのだ。

「この上なく誠実で、真面目な方」(64)だが、「公平さを欠く人」(64)でもある。ラムゼイ夫人も「紛れもなく、最上に美しい人」(67) であると同時に、「依怙地で、命令的」(68) なのだ。また別の意味では、ラムゼイ氏もラムゼイ夫人も、上に挙げた形容のいずれにも当たらない。彼らは、識別不可能にして、不可知な他者なのである。

リリーは、このような他者と向かい合って、「蚊の群れのように」(36) 踊りまわる印象群に圧倒される。彼女は、決定不能の中に身を置く。そして「しかし (but あるいは yet)」という接続詞によって、ある意味で「どもる」ことになる―― 'the most sincere of men, the truest (...), the best; *but*', 'unquestionably the loveliest of people (...); the best perhaps; *but*', 'there is nothing more tedious, puerile, and inhumane than love; *yet*' (64, 67, 139, my italics) フランコ・モレッティなら、彼が「不決定の呪縛 ('the spell of indecision')」と呼んだ、モダニズム文学の否定的特徴をここにみるかもしれない。(19)

だが、不決定や「どもる」ことには、肯定的な面がある。ジル・ドゥルーズは、接続詞「と」について次のように述べている。

「と〔et〕」はあらゆる関係を転覆させるだけでなく、「ある〔être〕」という動詞なども残らず転覆させてしまうのです。「……と……と……と」とつながった接続詞の「と」はクリエイティブに「どもる」ことにほかならないし、国語を外国語のようにあやつることにもつながる。そしてこれが、「ある」という動詞にもとづく規範的かつ支配的な国語の用法と

---

(19) See Franco Moretti, 'The spell of Indecision' in *Signs Taken for Wonders*, (London: Verso, 1988), pp.240-8.

対立するのです。（〔　〕筆者）[20]

　リリーの用いる「しかし（but または yet）」は、ドゥルーズの言う「と（et）」と同じ効果をもつ。すなわち、「……だ。しかし……だ。しかし……だ」と「どもる」ことで、「……である」（フランス語では 'etre' 英語では 'be'）という断定的判断を転覆させてしまうのである。他者と向かい合うとき、リリーは「どもる」。だが、それは、他者に関する一元的判断を突き崩し、他者をよく見据えることなのだ。他者とは多様な存在である。ドゥルーズは「『と』は多様性であり、多数性であり、それがあらゆる自己同一性を瓦解させる」と言う。[21]「しかし」もまた、他者の多様性、その多数の側面を映し、自己同一性に安住する主体を危機に晒す。そしてリリーの場合、「話す主体」と「聞く主体」のずれが露出したのであった。

　また『燈台へ』においては、他者に関して相反する二つの評価が並置されることが多いが、特に「二つ」という数に固執することはない。なぜなら、「多数性は、辞項の数がいくら増大しようとも、けっして辞項そのもののなかにはないのだし、辞項の集合や総和のなかにもありはしないからです。多数性は、要素とも、集合とも性質が違う、この『と』自体のなかにあるのです」。[22]「と」を「しかし」に置き換えればよいのは、言うまでもなかろう。

　ついでに言えば、他者と「向かい合わせの関係」に立つのは、リリーだけではない。語り手もそうである。第一部第5章で、

---

(20)　ジル・ドゥルーズ、「『6×2』をめぐる三つの問題（ゴダール）」、『記号と事件—1972-1990 年の対話』所収、宮林寛訳、河出書房新社、1992 年、77 頁。
(21)　同書、77 頁。
(22)　同書、78 頁。

語り手は、登場人物の意識を経ず、ラムゼイ夫人について直接こう語る。

Never did anybody look so sad. Bitter and black, halfway down, in the darkness, in the shaft which ran from the sunlight to the depths, perhaps a tear formed; a tear fell; the waters swayed this way and that, received it, and were at rest. Never did anybody look so sad. (40)

　この一節に関しては、エーリッヒ・アウエルバッハによる有名な分析がある。アウエルバッハは、ラムゼイ夫人を見つめ、'Never did anybody look so sad' と語っているのは誰か、と問う。そして、おそらく物語の作者ヴァージニア・ウルフ自身であろう、と推定する。だが、そうだとしても、ウルフは「彼女の作中人物（この場合はラムジー夫人）を十分によく知っていて、この知識にもとついて、人物の性格や刻々の心理状態を、客観的な確信をもった態度で語っているのではない」。語り手の眼差しは、「相手の謎を解くことができない一人の人物が、その相手に投げかけたまなざしなのである」。[23] それゆえ、語り手も、この小説のさまざまな人物の心に映ったラムゼイ夫人の印象を、いわば「……と……と……と」の形でつなぎ、「どもる」のである。

　また、同情を求める夫に応えるラムゼイ夫人を、語り手は 'Mrs Ramsay (...) seemed to raise herself with an effort, and at once to pour erect into the air a rain of energy, a column of spray' (52) と描写する。'erect' という語を用いているところに、マ

---

(23)　E・アウエルバッハ、『ミメーシス―ヨーロッパ文学における現実描写（下）』、篠田一士・川村二郎訳、筑摩書房、1967年、287頁、288頁。

キコ・ミノウ＝ピンクニィは「性的イメジャリーの混乱」をみ
る。[24]しかしこれは「混乱」ではなく、むしろ、「女性的」か「男
性的」かの二者択一では捉えきれない、夫人の「謎」（他者性）
を語り手が認めているゆえの表現、と理解するべきではないだ
ろうか。

(24)　Makiko Minow·Pinkney, *Virginia Woolf & the Problem of the Subject*, （New Brunswick: Rutgers University Press, 1987）, p.90.

『燈台へ』を読む
――他者論的視座から（2）

7

　『燈台へ』の第二部「時は過ぎゆく」は、ラムゼイ家の晩餐
会も終わった夜更けから始まる。バンクス氏がテラスから入っ
てくる。海岸から戻ってきたアンドルーが「暗すぎて何も見え
ない」と言う。「海と陸の区別がほとんどつかないわ」とプルー。
燈火がひとつずつ消されてゆき、「月は沈み、細い雨が屋根を
叩き、巨大な闇のどしゃ降りが始まった」（171）。

　夜の闇は、それから流れる 10 年という歳月の隠喩でもある。
ラムゼイ家の別荘は、この氾濫する闇に呑みこまれ、朽ち果て
ていく。そして括弧にくくった形で、語り手は順次、ラムゼイ
夫人の、プルーの、そしてアンドルーの死を差しはさむ。

　ミノウ＝ピンクニィは、ラムゼイ家の別荘が、ヴィクトリア
朝的秩序を表象するものだと言う。そして、別荘を破壊するの
は雨や風やねずみたちだが、これらは第一次大戦の比喩である
とも言う。[25] またペリー・マイゼルによれば、別荘が廃墟と化
していくのは、アイデンティティの消失を暗示している。[26]
われわれの観点から言えば、第一次大戦によってヴィクトリア
朝的コード（共通の規則、言語ゲーム）が失われることが、「時

(25)　Makiko Minow・Pinkney, op. cit., pp.99-100.
(26)　Perry Meisel, *The Absent Father: Virginia Woolf and Walter Pater*,
　　　（New Haven, Connecticut: Yale University Press, 1980）, p.198.

は過ぎゆく」で隠喩的に語られるのである。

　海辺を散策する者たちやマクナブ夫人を通しても、ヴィクトリア朝的コード喪失の寓意を読みとることができる。たとえば語り手はこう語る——「海辺に自らの疑いへの答を、孤独をわかち合う者を見出せるかも知れぬと思った眠る者が、夜具を振りすて、一人砂浜に降りたち歩いたとしても、かいがいしく、神に似て機敏な姿が、すぐさま馳せさんじて、夜に秩序を与え、世界に魂の領域を反映させることはない」（175）。この後すぐ、ラムゼイ夫人の死を語り手は告げる。（ミノウ＝ピンクニィによれば、ラムゼイ夫人もまたヴィクトリア朝的秩序を代表する者である。[27]）

　時に、コードが回復されるかのような幻想が語られることもある。夏が近づき、「眠る者」と近しいと思われる「神秘家たち、幻視者たち」（178-9）は、「海辺を歩き（...）『私とは何なのか』『これは何なのか』と自らに問うた、そして突然答が与えられた」（179）。夏が近づき、やはり「海辺を歩く、目覚めがちな者たち、希望を抱く者たち」（179）には、「崖が、海が、雲が、空がことさらに呼び集められ、心の内なる幻影（ヴィジョン）の散在する部分部分を、外に見えるように集める」（179）という、世にも不思議な想像が訪れる。「あの鏡、すなわち人間の心には（...）夢が持続し」（179）、「善が勝利し、幸福がゆきわたり、秩序が支配する」（180）という不思議な暗示に抗することはできない。

　しかし、「不吉な音」（181）、「何かがずしんと落ちる」（181）、「砲弾が炸裂した」（181）といった言葉で戦争が換喩的に表象され、「海辺を歩くのは不可能で、冥想は耐えがたく、鏡はこわれた」（182-3）。ひとつの言語ゲームが閉じる共同体は破壊され、コードも全く意味を失う。別荘の管理人マクナブ夫人

（27）　Makiko Minow · Pinkney, op. cit., p.98.

は、よろめきながら部屋から部屋をまわる。彼女の唇から洩れ
る「20 年前、たぶん舞台でうたわれたり、人々がハミングし、
それに合わせて踊った、陽気な」（177）歌も、今は「意味が奪
・・
われて」（178、傍点筆者）いる。
・・・

　コードが失われたとき、現われるのは他者としての世界であ
る。それは「巨大な混沌」（183）であり、「理性の光のささぬ
額をもち、形の定まらない巨体をした海獣たちのように、風や
波がはしゃぎまわる」（183）ところだ。

　10 年ぶりに訪れるという、ラムゼイ家からの手紙をもらっ
たマクナブ夫人は、バスト夫人とともに、別荘の腐朽をなんと
かくい止める。修復が終わったとき、再び世界の他者性が現出
する。「あのなかば聞こえる旋律、耳がなかば捉えるのだが、
逃してしまう、あの間欠的な音楽」（192）としてである。「音楽」
は、犬、羊、虫、刈られた草、こがね虫、車輪といったものが
たてる音の集合体なのだが、「不規則で断続的ながら、しかし
どこか結びついていて、(...) 離れていながら、なお何かつなが
りがある」（192）のであった。そしてこれらの音を「耳は寄せ
集めようと緊張し、調和させる寸前にまでいつもいくのだが、
それらの音は充分には聞きとれなかった」（192）。他者とは「捉
えられないもの」であり、「逃れ行く何ものか」なのだ。[28]

　過ぎゆく時のなかで、他者としての世界を見つめつつ、逃れ
行く「音楽」を言語というコードに捉えようとしたのは、おそ
らくオーガスタス・カーマイケル氏である。アヴロム・フリー
シュマンが、カーマイケル氏の諸特徴を手際よく整理してくれ
ている。彼は第一部「窓」では、「猫のような黄色い眼を半開
きにして日光浴をして」（16）いる。第三部「燈台」でもやは
り日光浴をしているが、今度はもっと大きな動物のイメージ

---

(28)　エマニュエル・レヴィナス、前掲書、67 頁、91 頁。

で、「生きることを腹いっぱいに詰め込んだ生き物のよう」（240）であり、「何か海の怪物のように」（258）ふっと息をはく。また、彼は詩人であり、第一次大戦中に詩集を発表し、「思わぬ成功」（183）をおさめる。ラムゼイ家の晩餐会の終わり際に、ナプキンを「白く長い寛衣に見えるように携えて」（150）詩を詠唱するさまから、彼には儀式を司る僧侶のおもむきもある。さらには、「彼は何も欲しがらなかった」（16）が、「すべてを抱擁した」（16）。「言葉を必要としなかった」（16）が、ペルシア語やヒンドスタニー語を知っており、東洋の賢者といった風情すらある。[29]

　われわれの観点に照らして、考えてみよう。ペルシア語やヒンドスタニー語に造詣があるカーマイケル氏は、ヴィクトリア朝的、さらに言えば西欧的社会の外にある他者に気づいている。彼は言語というコード（共通の規則）を必要とせず、かつ生きることを腹いっぱいに詰め込んで、満ち足りている。「海の怪物」のような彼は、「理性の光のささぬ額をもち、形の定まらぬ巨体をした海獣たち」としての風や波に通じる。カーマイケル氏自身、コードから逸脱した他者なのだ。しかし同時に彼は詩人であり、コードに係わる者である。闇が氾濫を始めたとき、彼は一人蠟燭をともして、遅くまでヴェルギリウスを読んでいた（171）。10年後、再び別荘にやって来た日の夜も、やはり蠟燭のあかりで本を読む（193）。表象から逃れていく、不可知な他者たちの領域——それは「闇」に喩えられよう——の住人でありながら、同時に闇を照らす「光」として、表象を営む詩人であること。あるいは、無媒介に自足しながら、媒介者であること。カーマイケル氏とは、およそ矛盾した、奇跡的

（29）　Avrom Fleishman, *Virginia Woolf*: *A Critical Reading*（Baltimore: Johns Hopkins University Press, 1975）, p.114.

な存在である。彼らならば、「あのなかば聞こえる旋律、耳が
なかば捉えるのだが、逃してしまう、あの間欠的な音楽」を、
わずかながらでもすくいとることができたのではなかろうか。
大戦中に彼が発表した詩集は、成功をおさめたという…。

　J・ヒリス・ミラーは、『燈台へ』の語り手はカーマイケル氏
なのではないか、と言う。[30] その正否はともかく、「ロマン派
的な比喩語法」[31] や「旋律的な誇張法」[32] を用いて、語り手
もまた、過ぎゆく時が奏する「音楽」を捉えようとするのかも
しれない。

　さて、久方ぶりにリリー・ブリスコウもラムゼイ家の別荘を
訪れ、宿泊する。夜が明け、リリーはベッドの上にまっすぐ起
きあがった。「目を覚ますのだ」（194）と語り手は告げる。他
者に向けて、彼女の「命がけの跳躍」が始まる。

8

　第三部「燈台」では、ラムゼイ氏が息子ジェイムズと娘キャ
ムとともに燈台へ向かう物語と、リリー・ブリスコウが絵を完
成させる物語が並行して語られる。まず、ラムゼイ氏一行の物
語に眼を向けてみよう。ジェイムズとキャムに起こる変化につ
いて考えてみる。彼らも他者に触れるのである。

　ジェイムズもキャムも、父に無理矢理、燈台への同伴を強い
られた。二人とも内心腹を立て、風が起こらず、ボートが出帆

---

(30)　J. Hillis Miller, 'Mr. Carmichael and Lily Briscoe: The Rhythm of Creativity in *To the Lighthouse*' in *Modernism Reconsidered*, ed. Robert Kiely（Cambridge: Havard University Press, 1983）, p.177.

(31)　Perry Meisel, *The Myth of the Modern*: *A Study in British Literature and Criticism after 1850*（New Haven Yale University Press, 1987）, p.186.

(32)　Lucio P. Ruotolo, *The Interrupted Moment*: *A View of Virginia Woolf's Novels*（Stanford: Stanford University Press, 1986）, p.132.

できないことを願う。二人は、父の「横暴に対して死んでも抵抗すること」（220）を既に誓っていた。

　しかし、ボートは海へ出てゆく。ライゼイ氏は老マカリスタと、前年の大嵐を話題にしながら楽しげである。マカリスタが推さす方向に、誇らしげに眼をやる父を見て、「キャムは、なぜだかよくわからないが、父のことを誇らしく思う」（223）。すぐジェイムズとの盟約を思いだすが、快走する舟の速さに魅せられ、弟との結び目が少したるむ。

　子犬の話題を出しながら、「許しておくれ、わしを好いておくれ」（227）と懇願する父。一方、「父に抵抗せよ、父と闘え」（227）と暗に命令する「立法者」ジェイムズ。二人の間で、キャムは迷う、「盟約には断固忠誠を誓いながら、ジェイムズには悟られぬよう、父に感じている愛情の秘かなしるしを伝え」（229）ようとして。第一部において、リリー・ブリスコウは、バンクス氏やラムゼイ夫妻の他者性に向かい合ったとき、「相反することを同時に激しく感じ」（138）ざるを得なかった。キャムもまた、「感情の重苦しさと分裂」（229）を感じる。

　父への、一貫性を欠く評価が、キャムの意識にのぼる。「父の手は、私にはとても美しく思える。足も、声も、言葉も、性急さも、かんしゃくも、変わっているところも、感情の激しいところも、みんなの前で、我等は滅びぬ、みなひとりにて、とあたりかまわず言い出すことも、近よりがたいことも」（229）。しかし、「我慢できないのは、（...）あの愚かなほど人の心がわからないところ、あの横暴さ。そのために私の子供時代は台無しにされ、つらい波風が立ったのだ」（229）。

　ボートは、別荘のあるスカイ島が「木の葉が逆立ちしたような形」に見えるまで遠ざかる。ジェイムズが例の盟約に固執することも、自身の苦悩も、キャムから流れ去ってしまった。遂には、「父はとても愛すべき人、とても賢い人だわ。見栄っ張

りでもないし、暴君でもない」（256）と思うに至る。だが、読書する父を見つめながら、キャムは「ページに何が書かれているか知らず」（256）、「父が何を考えているのかを知らなかった」（256）。ラムゼイ氏が、不可知の他者として眼前にあるのだ。

一方、ジェイムズはどうであろう。ボートの舵をとる彼は、「陥落」しそうな姉を横目ににらみながら、一人で暴君と戦うはめになることを予期する。そして、10 年前に母がやはり父に降参したこと、その際に感じた怒りを思い出しながら、葉むらをかきわけるように過去の深みに入っていく。

凪のためにボートが停止した。もし父が本から眼をあげて、何かのことで厳しく自分に話しかけたら、ナイフを取って心臓を突いてやる、と彼は思う。エディプス・コンプレックス的な、父殺しの欲望をここに見てとることは、きわめて容易だ。ジェイムズは、ナイフで父の心臓を突くという象徴を、子供の頃からずっと持ち続けていた。だが大きくなってみると、殺したいのは父その人ではなく、「自分の上に降りて来るもの（...）あの獰猛で、不意に襲う、黒い翼をもったハーピー」（248）だと知る。それは「横暴、独裁」（248）のことなのだが、少々穿って、ヴィクトリア朝的家父長制を喩えていると考えてもよかろう。

しかし、ここで重要なのは、父その人（指示対象）と「横暴・独裁」（記号）との差異あるいはずれに、ジェイムズが気づいたことである。ここから、父を新たに評価する可能性が生まれるのだ。彼は父を、人の足を轢きつぶす車輪に喩えてみるが、「しかしその車輪には罪がない」（250）と今度は考える。父ラムゼイ氏に潜む他者性に、ジェイムズは気づき始める。それは、燈台を眼にしたときの彼の思考に、寓意的に読みとることができるだろう。彼は幼年時代に見た燈台と、眼前のそれを比較する。

The Lighthouse was then a silverly, misty-looking tower with a yellow eye that opened suddenly and softly in the evening. Now—

James looked at the Lighthouse. He could see the white-washed rocks; the tower, stark and straight; he could see that it was barred with black and white; he could see windows in it; he could even see washing spread on the rocks to dry. So that was the Lighthouse, was it?

No, the other was also the Lighthouse. For nothing was simply one thing. The other was the Lighthouse too. (251)

「その頃」、つまり、父に燈台へ行けないことを宣告された幼年時代の燈台は、「銀色の、霧のような塔で、夕方には黄色い眼を突然に、もの柔かに開いた」。しかし、今眼の前にある燈台は「くっきりと、真直ぐに立ち」、「黒と白の縞模様」になっている。実は、幼年期に見たもの（'the other'）も、眼前にあるもの（'that'）も、同じ燈台なのだ、「単純にひとつであるものは何もないのだから」。同様に、キャムにとってラムゼイ氏は、「横暴」な人でもあり、「愛すべき、賢い」人でもある。ジェイムズにも、「横暴」というクリシェから逃れていく、他者としての父が垣間見えるのだ。というのは、彼は「今にもラムゼイ氏が（...）身を起こして、本を閉じ、何か厳しいことを言うかもしれない」（252）と恐れるが、予期に反して、「父は身を起こさなかった」（253）からだ。他者とは、「先取り〔予測〕」のできないものなのである。

　ボートはさらに燈台に近づく。「それはすぐそこに、くっきりと、真直ぐに立ち、白と黒にぎらぎらしながら、姿を現した」（273）。「剝き出しの岩の上にくっきりと立つ塔」（274）は、ジェイムズを満足させる。「父を手で捕えようとするわね。で

も、そのときには鳥のように翼をひろげて、手の届かないところに飛んでいくの」(274) と、キャムは感じる。

　実際、父ラムゼイ氏は二人の予測を次々に覆して、他者としての捉えがたさを発揮する。自分の舵をとり「父は絶対褒めたりしないさ」(275) と思うジェイムズに対し、「よくやった！」(278) と、ラムゼイ氏は声をかける。マカリスタの息子にかつて船が沈んだところを示されても、予想に反して詩を吟じず、「ジェイムズとキャムが驚いたことに、父はただ『ああ』と言っただけだった」(277)。さらに、「何でも言ってください。あなたに差し上げます」(279) という気になった二人に対して、「父は何も要求しなかった」(279) …。こうして、二人は父とともに燈台に到達すると同時に、他者としての父を認めるに至るのだ。

　燈台が他者を暗示することに関しては、作者ヴァージニア・ウルフがヴィタ・サックヴィル゠ウェストに宛てた、1925 年 9 月 23 日付の手紙に興味深い記述がある。ロンドンの仕事場で月に一度お祭り騒ぎをやろう、とウルフは提案するのだが、「あなた〔ヴィタ〕は燈台みたいに、気まぐれに、突然に、超然と現れるのよ ('You will emerge like a lighthouse, fitful, sudden, remote')」という一文が見てとれる。[33]「燈台のように現れる」とは奇妙な表現である。が、それはともかく、燈台の属性として 'fitful, sudden, remote' という形容詞が用いられていることに着目したい。これらはまさに、「先取り〔予測〕」のできない、「われわれに不意に襲いかかり、われわれを捕える」[34]他者の形容としても通じるのだ。

---

(33)　Virginia Woolf, *The Diary of Virginia Woolf, III*, op. cit., p.215.
(34)　エマニュエル・レヴィナス、前掲書、67 頁。

What does it mean then, what can it all mean?（197）

　ラムゼイ家の別荘で一夜過ごしたリリー・ブリスコウは、今は目を覚まし、朝食のテーブルについている。彼女は一人きりである。そして、上のような問いを発するのだ。この問いは何かの本から拾ったもので、彼女の考えをぴったり表しているわけではない（'fitting her thought loosely' 197）。言葉と思考との間には、ずれが存在する。リリーは、自分の感情をまとめあげることができず、ただ言葉を反響させて、「心の空白を覆おう」（197）としているのだ。

　しかし、リリーの考えとずれたこの問いが発せられることには、ある種の必然性がある。第一次大戦を含む 10 年の歳月とラムゼイ夫人の死は、ヴィクトリア朝というひとつの共同体（あるいは共同性）を破壊し、そこで通用するコード、共通の規則あるいは言語ゲームを喪失させた。リリーの心の空白（'the blankness of her mind' 197）は、10 年という時間の空白でもあり、言語ゲームの不在でもある。空白を覆おうとする、「それはどういう意味ですか」という問いは、かつてそれに確固とした返答を与えていた言語ゲームを秘かに回顧しているのだ。だが問いは返答されず、ただ浮遊するばかり。「この年月を経て、ラムゼイ夫人も死んでしまった後にここに帰ってきて」（197）、彼女は「いやしくも言葉で表現できるものは何も」（197）感じない。表現を表現として成立させ、流通させていたコードが失われているからである。

　共通の規則が不在であるとき、奇異感、非現実感が人を襲う。「今朝は、すべてが異常なほど奇妙に思えて」（198）、ナン

シーが入ってきて、燈台に何をもっていってあげたらいいか尋ねても、答えられない。「何とあてもなく、何と混沌として、何と非現実なのだろう」（198）とリリーは思う。さらに、共同体からの隔絶感や疎外感も伴った。「他の人たちから切り離されたみたい」（198）、「自分はここには関係がない」（198）と、彼女は感じる。「まるで、いつも物事をつなぎ合わせている絆が切られてしまって」（198）、秩序は失われた。あるべきものの不在は、「空のコーヒー茶碗」（'her empty coffee cup'）」（198）や「人のいない座席」（'The empty places'）」（199）に反映している。

無秩序の中、「何でも起こりうる（'anything might happen'）」（198）と彼女は感じる、かつてラムゼイ家の晩餐会中に感じたように。そして、「異常なほどの非現実は恐ろしい。だがわくわくもさせる」（199）。窓の外を眺めると、ラムゼイ氏が通りすぎながら顔をあげて、リリーを見た。彼は大股に立ち去っていくが、「ひとり」とか「滅びぬ」とか言うのが彼女の耳に入る。言語もまた統語法を失い、きれぎれに断片化され、全体としての意味を失っているわけだ。「これらの言葉を組み合わせ、文として書きあらわすことさえできたなら、そのときには物事の真実に到達しているだろう」（199）と、彼女は考える。

非現実感をもたらし、無秩序が支配する世界とは、他者としてのそれである。言葉を組み合わせて文にすることは、新たな文法（つまりコード、共通の規則）を創出することだ。その文法は、他者としての世界をよりよく掬いとるものかもしれない。だが実のところその文法は、仮に見出されたとしても、まだ文法ではない。それを共有する者が、世界に誰もいないからだ。したがって、自分以外の者（やはり他者）に「文」の意味を理解させなければならない。そのためには「暗闇の中の跳躍」、「命がけの飛躍」が必要である。それは「恐ろしい」が、「わ

くわくさせる」のだ。

リリーは、10 年前に絵を完成できなかったことを思い出し、今こそあの絵を描きあげようと決意する。絵もまた、さまざまな部分を「組み合わせる」（'put together', 'bring together'）」作業である。彼女は椅子を持ち出し、画架を芝生の端に据えた。そして、詩人カーマイケル氏につかず離れずの位置をとる。

リリーにとってまず試練となるのは、ラムゼイ氏である。「彼が近づいて来るたびに（...）破壊が近づき、混沌が近づくのだ」（200）。「彼は自分を押しつける。彼はすべてを変えてしまう」（202）。そして「あの人は（...）決して与えない。いつも取ってばかりいる。それにひきかえ（...）ラムゼイ夫人は与え通してきた。与えて、与えて、与えて、死んでしまったのだ」（202-3）。フェミニストの恰好の標的になるラムゼイ氏だが、結局彼女は、彼の欲しいもの——「同情」（204）を与えようという気になってしまう。

しかし、いざラムゼイ氏に話しかけられてみると、リリーは何も言えない。老衰を装い、うめき声をあげて、同情を求める彼を、「身の毛もよだつ、みっともない」（206）と心の中で評する。カーマイケル氏の身体を近くに引き寄せられたら、と願う。だが、ラムゼイ氏が自分の靴ひもがほどけているのに気づいたとき、「すばらしい靴だわ」（207）と感じた。その靴は、ラムゼイ氏の「悲哀、不愛想、短気、魅力」（207）を表現していた。

魂の慰めを求めるラムゼイ氏に対して、「いいお靴ですね！」と叫んでしまった彼女は、彼が「例によって突然うなり声をあげ、頭ごなしに叱りつける」（208）行為に及ぶことを予期する。しかし、「ラムゼイ氏は微笑した」（208）。そして靴に関して一家言吐露した後、彼独自の靴ひもの結び方まで伝授してくれる。このとき、ラムゼイ氏への同情が突然湧きあがり、先程辛

辣に評したことを彼女は恥じた。キャムとジェイムズが現れる。二人を従えて、彼は燈台行きに出かけていく。残されたリリーは、「あの人はいつも変化している（'he was always changing'）」（211）と考える。もう言うまでもないだろうが、彼女はラムゼイ氏の他者性に触れたのである。

10

ラムゼイ氏たちも去り、リリー・ブリスコウは、いよいよ絵の制作に取りかかる。平和と「空虚さ（'emptiness'）」（212）を感じながら、彼女はキャンバスを眺める。キャンバスは「冷ややかな凝視（'its cold stare'）」（212）、「妥協を許さぬ、白い凝視（'its uncompromising white stare'）」（212）を返してきた。

昔と同様、理論と実践の間でリリーは躊躇する——「すべては、アイデアの段階では単純に思えたが、実行となるとすぐに複雑となった」（213）。しかし「危険は冒されねばならない」（213）。「命がけの飛躍」が必要なのだ。「奇妙な肉体感覚とともに」（213）、彼女はキャンバスに決然と筆をおろす。「休止してはきらりとひらめかし、彼女は踊るような、リズミカルな動きを得た」（213-4）。この「踊るような、リズミカルな動き」に関しては、たとえばミノウ＝ピンクニィが、「（母の）身体と表象との間の深淵を横断する」ものと論じている。[35] また、フリーシュマンは、この動きは波のリズムにつながり、燈台がもたらす光—闇—光というリズムにも近い、と言う。[36]

だが、われわれの視点からすれば、「踊るような、リズミカルな動き」は、レヴィナスの言う「愛撫」に近いと考えられる。

---

(35)　Makiko Minow・Pinkney, op. cit., p.108.

(36)　Avrom Fleishman, op. cit., p.104.

愛撫とは、いわば逃れ行く何ものかとの戯れ、また企図も計画もまったくない戯れ、われわれのものとなり得たり、われわれ自身になり得たりするものとの戯れではなく、それとは他の何ものか——常に他であり、常に近づき得ず、常に来るべき何ものかとの戯れである。[37]

つまり「愛撫」とは、他者との接触なのである。絵を描くことは、リリーにとって他者との対峙であるが、語り手は「つらい交渉の形式（'an exacting form of intercourse'）」（214）と表現する。'intercourse' に「性交」の意味があるのは、言うまでもないだろう。そしてレヴィナスによれば、「エロス」は「他者性との関係」なのである。[38]

もちろん、リリーが実際に対峙しているのはキャンバスである。だが、彼女の筆が引く線が「ひとつの空間（'a space'）」（214）を囲みこむ。10 年前、ラムゼイ夫妻の姿から「結婚の象徴」というヴィクトリア朝的意味が剝げ落ち、世界の他者性が露出したとき、もたらされたのは「広がりの感覚（'a sense of space'）」（99）であった。リリーにとって、キャンバス上の 'a space' もまた、他者につながる。あるいは他者だと言ってよい。

Down in the hollow of one wave she saw the next wave towering higher and higher above her. For what could be more formidable than that space? Here she was again, she thought, stepping back to look at it, drawn out of gossip, out of living, out of community with people into the presence of this

---

(37)　エマニュエル・レヴィナス、前掲書、91 頁。
(38)　同書、89 頁。

formidable ancient enemy of hers — this other thing, this truth, this reality, which suddenly laid hands on her, emerged stark at the back of appearances and commanded her attention.〔214〕

「むだ話から、人々とともに暮らし、人々と共同社会をつくることから身を引き」、つまり共通の規則が機能し、ひとつの言語ゲームが閉じる共同体から外へと、リリーは飛躍する。そして彼女が向かい合うのは、「この恐ろしい旧敵」であり、「この他なるもの、この真実、この現実」つまり他者なのである。他者は、さまざまな外観の奥に「くっきりと（‘stark’）」現れる。そう言えば、ジェイムズの眼前に姿を見せた燈台も、やはり「くっきりと（‘stark’）」（251, 273）していた。しかも、先にみたように、燈台は他者を暗示するものであった。‘stark’という語を媒介にして、燈台＝空間＝他者という等式が成立する。

「召使の寝室にこの絵は掛けられるだろう。巻かれて、長椅子の下に押し込められるだろう」（215）——すなわち、絵の「意味」が人々に理解されず、当然コードとして共同体内を流通することもなく、自分の絵が終わるのではないかリリーは懸念する。にもかかわらず、彼女はリズムに乗って、「情景、名前、話、そして記憶や観念」（216）を、白い空間に噴出していく。

かつてみんなで浜辺に出かけたとき、岩のそばで、ラムゼイ夫人が手紙を書いていたのを、リリーは思い出す。夫人は「すべてを単純にし」（217）、「これとあれと、それからこれを寄せ集めて」（217）、何かをつくりだしていた。鏡像段階にある子のようにラムゼイ夫人を模倣しながら[39]、リリーも過去の些細な事柄を想起しては、つなげていく。そして、次第に回想は、夫人を中心に巡り始める。「偉大な啓示など訪れたことはない。(...) その代わり、日々の小さな奇跡がある」（218）と

いう思いが彼女をとらえる。他者のすべてを知ることはできないが、「マッチの火が暗闇の中、不意にともされるように」（218）、他者との小さな「対話」が成立する。そんな「奇跡」が、日常起こるものだ。

これ以降、リリーが空間と対峙し、絵を完成させる物語は、彼女が挫折の危険を乗り越えて、ラムゼイ夫人という他者との「向かい合わせの関係」を成立させる物語にもなっていく。

11

リリーは、浜辺で手紙を書いていたラムゼイ夫人を回想し、模倣しながら、「空間の問題」（231）に対処し、「空虚の中へ（'into the hollow'）」（231）進んでいった。

不意に彼女は、「ドアが開き、中に入って、天井が高く、とても暗い、とても厳そかな、寺院のようなところで、黙ってあたりを見回しながら立っているような」（231）感覚をおぼえる。ヴァージニア・ウルフは「過去のスケッチ」において、「子供時代という、あの大いなる寺院の空間の真中に、確かに母はいた。最初から母はそこにいたのだ」と回想している。[40]エリザベス・エイベルはフェミニズムの立揚から、「寺院のようなところ」とは、ラムゼイ夫人（母）とリリー（娘）が共有する空

---

(39) 「鏡像段階」とは、1936年ジャック・ラカンが報告した概念。「口もまだきけず、無力で運動調節能力もなく本源的な欲動のアナーキーに突き動かされている幼児が、鏡を前にそこに映る自らの全体像を小躍りして自分のものとして引き受け、身体的統一性を想像的に先取りしわがものとするドラマを指していう」（今村仁司編、『現代思想を読む事典』、講談社現代新書、1988年、155-6頁）。リリーを幼児に、ラムゼイ夫人を鏡に映る全体像にあてはめて、考えることができる。

(40) Virginia Woolf, 'A Sketch of the Past' in *Moments of Being*, op. cit., p.91.

間だと述べている。[41] まだダニエル・フェレルによるなら、「母の身体」ということになる。[42]

「寺院のようなところ」は、母と子の、無媒介で親密な場所である。リリーは、ラムゼイ夫人が浜辺で「じっと黙して、無口（'in silence, uncommunicative'）」(232) だったことを思い出す——「その瞬間は、少なくとも、異常なほど豊かなものに思えた」(232)。この瞬間、この場所は、第一部において、寝室でリリーがラムゼイ夫人の膝に頭をのせたときにつながる。あのときと同様に、彼女は、夫人との「一心同体」を求めてしまうのだ。彼女は 'uncemmunicative' で、他者とのコミュニケーションを拒む。

リリーは、ミンタ・ドイルとポール・レイリィの結婚が、結局夫人の思惑通りにはいかなかったこと、自分もバンクス氏と結婚しなかったこと、だがレイリィ夫妻も自分も幸福であることに思いが及ぶ。確かに彼女は、「ラムゼイ夫人に太刀打ちできる」(238) と感じる。しかし、それも束の間、彼女は、「空虚な客間の階段（'the empty drawing-room steps'）」(241)、「完全な空虚（'complete emptiness'）」(241) に圧倒されてしまう。この「空虚」は、死者でありかつ他者であるがゆえにもたらされる、ラムゼイ夫人の不在に帰因する。[43]

To want and not to have, sent all up her body a hardness, a hollowness, a strain, And then to want and not to have—to

---

(41)　Elizabeth Abel, *Virginia Woolf and the Fictions of Psychoanalysis* (Chicago: The University of Chicago Press, 1989), pp.80-81.

(42)　Daniel Ferrer, op. cit., pp.48-49.

(43)　「他者との関係は一般に融合として考えられている。私はまさしく、他者との関係を融合であるとすることに対して異議を唱えたかったのである。他人との関係、それは他者の不在ということである」（エマニュエル・レヴィナス、前掲書、92 頁）。

want and want—how that wrung the heart, and wrung it again
and again! Oh Mrs Ramsay! (241)

　まるで母の不在に恐怖する幼児のように、リリーは 'to want
and not to have' と繰り返す。「欲しながら与えられないこと」、
これはエイベルも言うように、母との融合を切望する子の状況
を表している。[44] リリーは、ラムゼイ夫人との「一心同体」を
希求する。そして、「力いっぱい叫んだら、ラムゼイ夫人が帰っ
てくる」(243) とでもいうように、泣きながら夫人の名を呼ぶ。
　しかし、かつて寝室でそうだったように、「何も起こらなか
った」(244)。徐々に苦痛と怒りも静まり、彼女は本能的に「隔
りと青 ('distance and blue')」(245) に動かされて、入江に眼
を向ける。以前リリーの前に露出した世界の他者性は、広がり
の感覚とともに、「隔たり ('great distances')」(99) の感覚をも、
もたらした。また、デイヴィッド・デイチェスによれば、『燈
台へ』において「青」は、利己を脱した 'impersonality' の色
である。[45]
　10 年前バンクス氏は、ラムゼイ夫人に「家の中の天使」に
は「そぐわないもの ('something incongruous')」(42) ——コ
ードから逸脱するもの——があることに気づいた。今リリーも
また、「何かそぐわないもの ('something incongruous')」(245)
の存在に目を覚まされる。それは、入江の中ほどに浮かぶ茶色
の点だった。その点とはラムゼイ氏がのったボートであり、氏
の他者性に、先程彼女は触れたのであった。「隔りにはすごい
力があるのね」(253)、と彼女は思う。ラムゼイ夫人と「向か
い合わせ face-à-face の関係」(他者との本源的な関係)に立つ

(44)　Elizabeth Abel, op. cit., pp.68-69.
(45)　David Daiches, 'The Semi-transparent Envelope' in Morris Beja (ed.)
　　　Virginia Woolf: To the Lighthouse (London: MacMillan, 1970), p.96.

ことに、彼女は一歩近づくのだ。

　「すべてはこの静寂、この空虚、早朝時の非現実と調和している」（258）とリリーは感じるようになる。「旅から帰って来たり、あるいは病気をしたあとに、習慣が表面に網をはってしまう前に、同じ非現実を感じるものだ」（258-9）とも考える。習慣とは共通の規則によって編まれた網であり、旅や病気は、それが機能する共同体から束の間離脱させてくれる。離脱は「非現実感」を伴い、「人をぎょっとさせる」（259）。だが「生はそのとき、きわめて生き生きする」（259）。今の彼女には、非現実の中で「くつろげる」（259）余裕が生まれている。

　カーマイケル氏に眼をやりながら、彼がラムゼイ夫人をあまり好きでなかったようだと、彼女は思い出す。これを機に、「今はラムゼイ夫人を必要としない」（263）リリーは、夫人をとても嫌った人もいたにちがいない、と考え始める。

　「あまりに自信満々で、あまりに思い切ったことをする」（263）、「なんと単調で、いつも同じだ」（263-4）、「夫には弱い」、そして「よそよそしい」（264）といった評価が頭に浮かぶ。さらには、ラムゼイ夫人がラムゼイ氏との結婚を承諾した場面を想像したり、実際にあった夫妻の喧嘩を回想したりする。しかし、「ラムゼイ夫人の身に起きたこと、正確に知っている人はいない」（264）のだ。「あの一人の女性を観察し尽くすには、50 対の眼でも十分ではない」（266）と彼女は思うに至る。捉えられず、逃れ行き、常に近づき得ず、所有・認識・把握などはできない、他者としてのラムゼイ夫人に、リリーはようやく気づく。

　客間に誰かが入って来てじっとしているらしく、奇妙な形をした三角の影を上り段に落とす。影は絵の構図を変更させ、彼女の興味をそそる。何か白い波のようなものが、窓硝子の上をよぎった。

'Mrs Ramsay! Mrs Ramsay!' she cried, feeling the old horror come back — to want and want and not to have. Could she inflict that still? And then, quietly, as if she refrained, that too became part of ordinary experience, was on a level with the chair, with the table. Mrs Ramsay — it was part of her perfect goodness to Lily — sat there quite simply, in the chair, flicked her needles to and fro, knitted her reddish-brown stocking, cast her shadow on the step. There she sat.（272）

　ラムゼイ夫人の不在による恐怖が、最後の一波のようにリリーを襲うが、それもやがて去っていく。彼女の前に、椅子に座って靴下を編むラムゼイ夫人が現前する。このとき、リリーはラムゼイ夫人と同時＝空間的にいて、「現在」を共有している。彼女は、他者である夫人と「向かい合わせの関係」を成立させたのだ。柄谷行人は次のように言う。

　　ところで、キリストが実在するとすれば、世界は変容する。キリストを歴史上の人物としてみるかぎり、それは過去の話である。つまり、ユークリッド的な時空間においては、キリストはたんに「偉大な人間」にすぎない。しかし、まさにキリストの実在によって、この世界がいわば非ユークリッド的となるのだとしたら、キリスト（無限遠点）をユークリッド的な時空間（歴史）で考えることはできないだろう。そして、キリストによってもたらされた世界は、キリストと別個にありえず、キリストと同時＝空間的にある。（柄谷 196）

　キリストは、超越者であると同時に人間である、神人だ。この事実を受けいれたとたんに、世界は変容する。それはちょうど、平行線が無限遠点で交わると考えたときに、非ユークリッ

ド幾何学が生じるのに似ている。柄谷によれば、キリストとは
他者である。そして、他者に対する関係は、「ただひとつの時、
すなわち現在しかありえない」（柄谷196）、「同時＝空間的」
にしかありえない、という。とすれば、リリーはまさに、ラム
ゼイ夫人という他者に相対しているのだ。

　そしてリリーは、ラムゼイ氏のボートを探して、入江に眼を
向ける。「あの人は着いたにちがいない」と彼女は声に出して
言う。燈台はほとんど見えなくなった。「燈台を眺める努力と、
氏がそこに上陸するのを考える努力は、どちらもひとつの、同
じ努力に思えた」（280）。ラムゼイ氏も他者であり、燈台はそ
れを暗示するものだった。「あの人は上陸した」と彼女が言う
と、「老いた異教の神のような」（280）カーマイケル氏が横に
立って、「みんなも上陸したじゃろう」と唱和する。

　「二人は言葉を話す必要はなかった。同じことを考えていた
のだ。そして、彼女が何もたずねなくとも、彼は答を与えたの
だ」（280）。リリーとカーマイケル氏の間に「対話」が成立する。
それは、言葉を必要としない、「日々の小さな奇跡」（218）で
あり、「ごくありふれた日常生活に存する『神秘』（柄谷64）」
なのだ。

　キャンバスに眼を戻すと、リリーは筆をとる。客間への上り
段には「何もなかった（'empty'）」（281）。彼女は「真中に、
ひとつの線を引いた」（281）。絵は遂に完成する。フリーシュ
マンは、リリーの引いた「ひとつの線」とは「燈台」だと言う。
彼女の絵の主題は「燈台への旅」である。絵が完成されたとき、
『燈台へ』という小説も完成する、というわけだ。[46]繰り返す
が、燈台は他者を暗示するものであった。ここでフリーシュマ
ンの見解に沿うなら、リリーの絵とウルフの小説の題名は、

---

(46)　Avrom Fleishman, op. cit., p.134.

「他者へ」と言い換えることができるだろう。

しかし、ウルフはロジャー・フライ（Roger Fry, 1866-1934）に宛てた手紙にこう書いている——「『燈台』に何かを意味させるわけではありません。構図をまとめるために、本の真中に一本中心線を引かなければならないのです。あらゆる種類の感情がこれに生じることは、わかっていました。(...) でも、ひとつのことが何を意味しているか聞いたとたんに、私にはそれがいまいましいものになります」。[47] だが、それでもやはり、ひとつの意味に限定できないこの一本の線は、単一の判断・評価では捉えられない他者に通じるだろう。

幾人かの批評家が、画家リリーと作者ウルフを等号で結んでいる。[48] リリーが絵を完成するのも、ウルフが『燈台へ』を書き終えるのも、ともに44才のときである。「私はヴィジョンを捉えた（'I have had my vision'）」(281) とリリーは思う。しかし、やはり何人かの批評家が指摘しているように、絵の完成という勝利の瞬間は既に過去となってしまう。現在形 'have' ではなく、現在完了形 'have had' だからだ。[49] もう燈台は見えなくなり、上り段にも影はない。他者は「逃れ行く何ものか」である。「ヴィジョンは絶えず、つくり直されねばならない（'the vision must be perpetually remade'）」(245)。リリーは描き続けるだ

---

(47)　Quentin Bell, *Virginia Woolf : A Biography* (New York: Harcourt Brace Jovanovich, 1972), II, p.129.

(48)　例えば、David Daiches, op. cit., p.94; Alex Zwerdling, *Virginia Woolf and the Real World* (Berkley: University of California Press, 1986), p.200; Ellen Bayuk Rosenman, op. cit., p.93; Stella McNichol, *Virginia Woolf and the Poetry of Fiction* (London: Routledge, 1990), p.97.

(49)　Ralph Freedman, *The Lyrical Novel : Studies in Herman Hesse, André Gide, and Virginia Woolf* (Princeton: Princeton University Press, 1963), p.242; Hermione Lee, *The Novels of Virginia Woolf* (London: Methuen & Co Ltd, 1977), p.133; John Batchelor, *Virginia Woolf : The Major Novels* (Cambridge: Cambridge University Press, 1991), p.105.

ろう。

　ウルフは、『燈台へ』を書いてしまったとき、「母にとり憑かれるのが止んだ」と言う。しかし、シャーリィ・パンケンと同意見なのだが、⁽⁵⁰⁾これには疑問を呈したい。彼女は「母」を断ち切れなかった。だからこそ、彼女もまた書き続けたのである。

（50）　Shirley Panken, *Virginia Woolf and the "Lust of Creation": A Psychoanalytic Exploration* (State University of New York Press, 1987), p.165.

波・リズム・私だけの部屋
——『波』と、その文体

　1926年9月30日、ヴァージニア・ウルフはロドメルの家の窓から、水の茫漠とした広がりを眺める。「魚のひれが遠く通り過ぎる」のが見えた[(1)]。それが『波』（*The Waves*）を書く衝動となった。4年4ヶ月あまりを費やして1931年2月7日、「魚のひれを網にとらえた」と彼女は日記に記す（*D IV* 10）——『波』は完成し、同年10月8日、刊行される。

　ウルフの日記で、1926年ロドメルにて、という項には次のような記述がある。「思考が『芸術作品』になる前に、それをとらえることができたらどうだろう。思考が心の中に起こると同時に、それを熱いうちにさっとつかまえるのだ」（*D III* 102）。「幕を張るな。幕は私たち自身の外皮でできているのだ。もの自体に到達せよ。もの自体は、幕とは何の共通点もないのだから」（*D III* 104）。「芸術作品」あるいは「幕」とは言語の喩えであろう。ウルフは、言語がもの自体や「まだ熱い」思考（これも言語化する意識からみれば、対象、「もの」である）にたち遅れてしまうことを嘆く。もっともその一方で、言語の存在が不可欠であることもよく承知している——「幕をつくる習慣はきわめて普遍的なものなので、たぶんこれが私たちの正気

---

(1)　日記は *the Diary of Virginia Woolf*, ed. Anne Olivier Bell and Andrew MacNeillie（London: The Hogarth Press, 1977-84）*I-V* を使用。以後 *D* と略記し、巻数、頁数とともに本文に組み込む。なお、1926年9月30日のこの記述は *D III* 113。

を保護するのだろう」(*D III* 104)。ともあれ、もの自体も自らの思考も、言語化する意識にとっては他者 (the other) であり、距離が存在する。その距離を消失させようとする願望がここにある。「幕」すなわち言語の織物 (あるいは網) を引き裂き、他者に到達したい、という願望である。しかし、それは不可能な願望なのだ。

ウルフは、ポール・ド・マンの言う「無媒介性の誘惑 ('the temptation of immediacy')」にとらわれている[2]。「無媒介」とは (知覚、思考も含めた) 現実の行為と、その言語化との間にある時間的距離——媒介 (medium) ——を取り去ることだ。(だが、距離を失くすことは、実際には不可能である。)テリー・イーグルトンはこれを言い直して、「歴史的な媒介を受けない、現実との遭遇を渇望すること ('hunger for some historically unmediated encounter with the real') と表現している[3]。言語、それは長い歴史を通して形成された社会の約束事であり、伝統であり、われわれの生に先行して存在している。その歴史、伝統と断絶すること。既存の言語にはまだ汚染されていない「最新の ('modern')」関係を、現実と結ぶ試み。それはペリー・マイゼルが「モダニティへの意志 ('the will to modernity')」と呼ぶものである[4]。しかしこの意志は必然的に挫折せざるをえない。なぜなら、伝統との完全な断絶とは言語の放棄に他ならず、それは作家としての死を意味する。そういえば、「ラテン語でも、英語、イタリア語、スペイン語でもなく、単語ひと

(2)　Paul de Man, 'Literary History and Literary Modernity' in *Blindness and Insight* (Minneapolis: University of Minnesota Press, 1983), p.152.

(3)　Terry Eagleton, 'Capitalism, Modernism and Postmodernism' in *Against the Grain* (London: Verso, 1988), pp.136-7.

(4)　See Perry Meisel, 'The Will to Modernity and the Structure of Modernism' in *The Myth of the Modern: A Study in British Literature and Criticism after 1850* (New Haven: Yale University Press, 1987), pp.1-10.

つさえ知らない言語であり、物言わぬ事物が語りかけてくる言葉」を与えられたチャンドス卿は、文学活動をすべて放擲する[5]。

1928年8月12日にウルフは、烈しい風にさからい飛びあがっていくミヤマガラスを眺める。翼がふるえながら空気を切っていくさまを、神経繊維に感受されるままに、生き生きと言語に捕獲しようと彼女は試みる——「あれを表現する言葉は何かしら」。そして、自らのペンは何と少ししか表現できないのか、と洩らす（*D III* 191）。空中を飛ぶミヤマガラス自体であれ、知覚に映じたその像であれ、（先にも述べたが）彼女の意識にとっては他者であり、言語によって指示される対象であることに変わりはない。まず狂気に陥らないかぎり、意識と対象が一体化することなどありえないだろう。言語の介在あるいは対象との距離は必要である。だが、言語をできるかぎり対象に接近させることは、できないだろうか。そうウルフは考え、試行し、自らの無力を知る。

幼児がまだ言語を獲得していない時期、幼児はものと融合し、何よりも母と融合している。言語を獲得すると同時に、自己と他者の区別が生じるのだ。つまり「私（'I'）」と「私以外のもの（the other）」の区別である。ところで言語と指示対象が全く一致するときがあるとしたらどうだろう（まずありえないが）。そのとき言語はもはや言語ではなく、存在しないに等しいだろう。言語とは「私」という意識の住み処である。言語の消滅は「私」の消滅であり、したがってこのとき「他者」もない。自他の区別がない領域とは、個人の心理的発展においては、母＝子の領域だ（もちろん狂気は除く）。要するに、言語

(5)　ホフマンスタール、「チャンドス卿の手紙」、『チャンドス卿の手紙他十篇』所収、桧山哲彦訳、岩波文庫、1991年、121頁。

を他者たる指示対象にあたうかぎり接近させる（二者間の距離をできるだけ縮める）ことは、自／他のない、母子融合期の一歩手前まで回帰する、実に危い道程を歩むことである。

それはジュリア・クリステヴァの用語を使うなら、記号象徴態（the symbolic）に原記号態（the semiotic）を十二分に帯びさせ、貫通させ、揺さぶりをかけることだ。記号象徴態とは、言語活動のうち記号の次元に属するもの、命名と統辞と意味作用と指示とに同時に属するものである。ごく大雑把に「言語」と考えて、ここではよいだろう。また父／母の二分法でいくなら、「父」的なものだろう。一方、原記号態とは、記号象徴態（あるいは言語）に時間的に先行しながら、かつそれを貫通しているもの、すでに分節化されていて、幼児の叫び声や母音発音や仕草のなかに存在が想定され、成人の言述においては、リズム・韻律・洒落・ナンセンス・笑いとして機能するものである[6]。言語を貫きながら言語以前に存在するとは、自他の未分化な時期すなわち母子融合期に源があるということだ。また、社会の約束事である言語の鋳型にまだ嵌め込まれていないゆえに、対象と親密に結びついた「幼児の叫び声」、「母音発音」に潜むというのである。「前言語」という言葉で把握してよいだろう。先の二分法で言えば、「母」的であるのは言うまでもない。言語と対象との間の距離を縮めることは、言語を貫く前言語の強度を増すことであり、「母」への接近であり、また幼児期に退行する危険を孕む企てである[7]。

具体的に『波』[8]をみていくことにしよう。まずこの作品の形式だが、作者自らが 'interlude' と呼ぶ斜字体の部分と、

---

(6) ジュリア・クリステヴァ、「文学の政治性」、『ポリローグ』所収、赤羽研三他訳、白水社、1986 年、16-17 頁。

'episode' と呼ぶ部分から成る。'interlude' では海辺の風景——
岸に打ち寄せる波、家、庭、鳥たち——が描写される。一方

---

(7)　ウルフはなぜ敢えて危険を冒したいと思うのか。いくつか考えられ
る理由を挙げてみる。

（i）　ウルフにとって書くことは、13才のときに失った母の保護を取り
戻すこと、あるいは母の不在を埋め合わせることだった（See Ellen
Bayuk Rosenman, 'The Empty Center', 'The Body of Our Mother', 'The
Maternal Legacy' in *The Invisible Presence*, Baton Rouge: Louisiana State
University Press, 1986）。とりわけ『波』執筆中は、いわば二人の「代
理母」、姉ヴァネッサおよび愛人ヴィタ・サックヴィル＝ウェストとの
関係がよくなかった。ウルフは、この時期三重に喪失していた「母」
を『波』において奪回しようとしたと考えられる（See Shirley Panken,
Virginia Woolf and the "Lust of Creation", Albany: State University of New
York Press, 1987, pp.185-205.）。

（ii）　ウルフが二四才のときに死んだ兄トービーをも、言葉の中に復活
させようとしたのかもしれない。トービーは妹ヴァージニアにとって、
男性の世界への案内役であり、保護者であった（Sara Ruddick, 'Private
Brother, Public World' in *New Feminist Essays on Virginia Woolf*, ed. Jane
Marcus, London: MacMillan, 1981, p.186.）。また母ジュリアのお気に入
りでもあり、彼を失うことは妹にとって、愛する者が愛する者（the
loved object's loved object）の喪失であった（Daniel Ferrer, *Virginia
Woolf and the Madness of Language*, trans. Geoffrey Bennington and
Rachel Bowlby, London: Routledge, 1990, p.76.）

（iii）　ウルフ夫妻が設立した出版社ホガース・プレスはフロイトの著作
集を出している。精神分析とは、無意識を意識化し、言語外にあるも
のを言語化するパラドキシカルな試みである。言語に前言語による揺
さぶりをかける企てと、どこか通じ合わないか。

（iv）　フェミニストとして、女性にふさわしい文章（sentence）を摸索
していたとも考えられる。『波』執筆中にウルフは『私だけの部屋』
（1929）を発表。その中で、サッカレー、ディケンズらの文章は男性的
で、女性が用いるには不適当と言う（Virginia Woolf, *A Room of One's
Own*, St Albans: Granada Publishing Ltd., ［1929］1977, p.73）。前言語は
「母」的、「女性」的である。ウルフは『波』を「私自身の文体による、
最初の作品」と言っている（*D IV* 53）。

(8)　テクストには Virginia Woolf, *The Waves*, （Oxford: Oxford University
Press, ［1931］1992) を使用した。以後 *W* と略記し、頁数とともに本文
に組み込む。

'episode' では、六人の登場人物（バーナード、ネヴィル、ルイス、スーザン、ジニー、ロウダ）の独白が「――は言った（'――said'）」という文句に導かれ、重畳と連ねられていく。そして語りが進行していくにつれ、'interlude' の海辺の風景は、夜明けから日没へ、季節は春から冬へと移っていく。太陽の一日の運行と、四季の移ろいが重なる。'episode' においては、登場人物たちは幼年期から青春期へと成長し、やがて壮年、初老を迎えることになる。各登場人物の性格づけは明確には行われていない（「私は全然人物をつくらないつもりだった」1931・10・8、（D IV 47）。登場人物たちのそれぞれがそれぞれに呼応し、時には心の中まで入りこみ、浸透しあい、「――が言った」という語りの指示がなければ、一体誰の独白なのか読者には分からなくなることもある。

　だがごく大まかに、各登場人物の特徴を挙げておく。まず男性たち。バーナードは作家志望で社交家。ネヴィルは詩人を目指し、パーシヴァルに対して同性愛的感情を抱いている。ルイスは破産した銀行家の息子でオーストラリア訛りがある。バーナード、ネヴィルと違い大学に行かず、世俗的に成功しつつ劣等感に苛なまれ、反動で権威主義的になる。次に女性たち。スーザンは自然、田園を愛する、母性的な女。ジニーは社交界に入り、性的な冒険に身を投じる。ロウダは内向的で、水たまりを歩いてわたれなかったりなどと、一種の狂気を背負った女性だ。作者の精神的に不安定な側面を最も反映している人物である（ウルフも子供の頃、水たまりをわたれないことがあった――D III 113）。

　この六人の中で、特にバーナードに焦点を当てて考えてみたい。というのは、最後の 'episode' がすべて彼一人の独白であることからも分かるように、バーナードは作者によって特に重要な役割を担わされているからだ。彼は自身を「女性の繊細な

感情とともに（...）男性の論理的で落ち着いたところがバーナードにはあった」（*W* 61）と評し、また「私には自分が誰なのかよく分からない――ジニーなのかスーザンなのか、ネヴィル、ロウダ、それともルイスなのか」（*W* 230）とか「私には自分が男なのか女なのか分からないことがある」（*W* 234）と洩らす。ウルフは『私だけの部屋』（1929）で、「自然で心地よい状態とは、〔頭の中の〕男女が調和してともに生き、精神的に協力するときのそれである。（...）コールリッジが、偉大な精神は男女両性を具えている、と言ったのは、おそらくこの意味からだろう」と述べている[9]。「両性具有」はウルフにとって作家の理想である。そしてバーナードもまた「両性具有的」に描かれる。登場自分に作者の一面が投映されるのは別に珍しいことではないが、バーナードには、ウルフの（現実も理想も含めた）作家としての側面が映し出されていると言えよう。

　そのバーナードの独白を追っていくと、物語や言語に対する不信感に次第にとらわれていくさまを、読者は目にすることになる。若き日には「生まれながらにして私は言葉を作りだし、次から次へとシャボン玉を吹く」（*W* 94）と自負した彼にも、やがて疑いの影がさしはじめる――「私は何千という物語を作ってきた。何冊ものノートを言葉で埋めてきた。本当の物語、このすべての言葉たちが指し示すたったひとつの物語、それを見つけたときに使えるように。だが私はまだその物語を見つけていない。私は問いはじめる。物語はあるのか、と」（*W* 156）。「本当の物語」の存在を疑うことは、「物語」を表象する（represent ＝再提示する）言葉の力に対する不信、諦観めいたものにつながる。「しかし物語がないのなら、どんな始まりがあり、どんな終わりがあるというのだ。人生はわれわれがそれ

---

(9)　Virginia Woolf, *A Room of One's Own*, p.94. See (7)(iv).

を語ろうとして加える手に、おそらく従わないのだ」（*W* 223）
と、バーナードは述懐するに到る。「物語」も「人生」も、言
語がそれに向かって網を投げる対象である。だが「投げる」作
業は困難を極める。ウルフもまた、ミヤマガラスの飛翔を表現
する（represent）言葉を摸索し、自らの無力を知ったのだった。

　だが、それにもかかわらず、言語をできるかぎり言語が指し
示す対象――「物語」「人生」、あるいは「遠く通り過ぎる魚の
ひれ」と言ってもよいかもしれない――に近づけることをバー
ナードは（そしてウルフは）目指す。『波』の終わり近く、彼
はこう語る。

　　　私に必要なのは、恋人たちの使うような、ほんのわずかな
　　言葉だ。部屋に入る、母親が針仕事をしているのに気づく、
　　あざやかな毛織りの切れはしや、羽飾り、木綿の布切れをつ
　　まみあげる、そんなときに子供が発する一音節の言葉だ。私
　　に必要なのはわめき声、叫びだ。（*W* 246）。

先の定義によれば、原記号態（前言語）は「幼児の叫び声」や
「母音発音」（それは一音節であろう）に存在するという。そし
て「母」的なものである。バーナードもまた、母親のもとで子
供が発する一音節の言葉、叫びを切望する。ここでウルフは、
バーナードを通して、言語から前言語への志向を表明している
のだ。換言すれば、記号象徴態を貫く原記号態の強度を増すこ
とを欲しているのだ。そしてそれは、「母」への接近であり、
言語を対象に近づけるのを続行することなのだ。
　では、記号象徴態（言語）に原記号態（前言語）を十二分に
帯びさせ、貫通させ、それに揺さぶりをかけるにはどうすれば
よいのか。クリステヴァによれば、答はリズムであり、統辞的
変更を引き起こし、述語作用の無限化を促すことである。統辞

的変更とは、省略や文の断片化などによる、統辞の大胆な変形である。統辞の変形により、「A は B だ」と叙述し断言することからくる一元的な意味が、曖昧化され、多元化する（述語作用の無限化）。ひとつの文にいくつもの指示作用をもたせることにより、言語の網（「語ろうとして加える手」）をすり抜けてしまう対象に接近するのである。要するに、「詩的言語」を用いよ、ということだ[10]。

　ヴァージニア・ウルフも、無意識のうちにこれに気づいていたようだ。彼女は『波』を構想するにあたって、「散文ではあるが詩であるもの」（1927・2・28、D III）や、「ひとつの劇詩」（1928・11・7、D III 203）を考えていた。「詩以外のものをなぜ文学に許すのか」とまで日記に書く（1928・11・28、D III 209-10）。詩こそ「瞬間の全体を描き出す」（D III 209）のを可能にし、「語ろうとして加える手に従わない」ものを掬いとってくれる、そう彼女は考えたのだろう。そして友人の作曲家エセル・スマイスに宛てた、1930 年 8 月 28 日付の手紙には、「難儀なのは、プロットで書いているのではなく、リズムで書いていることです」と認められている[11]。ウルフは、クリステヴァに類したことを考えていたのである。こうしてみたとき、ウルフは『波』の一登場人物を通して自身が抱いている言語に対する懐疑や不信、および新たなる言語への希求（モダニティへの意志）を吐露しながら、同時に他ならぬ『波』自体によってそれらに応えようとしたと考えられる。

　では、『波』はどのようなリズムに充ちているのだろうか。

---

(10)　ジュリア・クリステヴァ、「過程にある主体」、「述語機能と語る主体」、「言語学の倫理」、「リズム的制約と詩的言語」（『ポリローグ』所収）を参照のこと。ここでは、私なりのクリステヴァ理解を示した。

(11)　Virginia Woolf, *The Letters of Virginia Woolf Vol. 4*, eds. Nigel Nicolson and Joanne Trautman（London: the Hogarth Press, 1978）, p.204.

全体の構成においては、'interlude'（海辺の風景）と 'episode'（登場人物たちの独白）が交互にあらわれ、一種のリズムを刻む。'interlude' に描かれる太陽の位置と 'episode' で独白する登場人物たちの年恰好は平行関係にあり、一対の絵を形づくるようだ。だがなによりも文体である。著しく目立のは 'A and B' という二拍子のリズムである。'in and out' 'up and down' 'to and fro' 'here and there' 'hither and thither' 'this way and that' 'rise and fall' 'opening and shutting' などといった語句が全編に散りばめられる。この 'A and B' というリズムは、ヴァージニアが幸福な幼年期を過ごしたセント・アイヴズの岸辺に砕ける、一、二、一、二、という波のリズム[12]を模倣している。このリズムはウルフのさまざまな作品で認められるが、特に『波』には集中して現れる。具体的にみてみよう。

There is a dancing and a drumming, like the dancing and
 A B A
the drumming of naked men with assagais. (*W* 115)
 B

doors will open and shut, will keep on opening and shutting,
 A B A B
(*W* 128)

I am no longer young. I am no longer part of the procession.
 A B
Millions descend those stairs in a terrible descent....
Millions have died. Percival died. I still move. I still live. (*W*
 A B A B
160)

This is the prelude, this is the beginning. I glance, I peep, I
 A B
powder. (...) This is my calling. This is my world. (*W* 82)
 A B

---

(12)　Virginia Woolf, 'A Sketch of the Past' in *Moments of Being*, (London: Grafton Books, 1988), p.73, p.74. 以後 *MB* と略記し、頁数とともに本文に組み込む。

　名詞と名詞、動詞と動詞、そして文と文が、A（and）Bの形
をつくる。こうして波の二拍子が反復され、『波』のテクスト
を充たし、支配していく。だが、それが一種の単調さを生む原
因にもなる。事実、フランク・スウィナートンやフィリス・ロ
ウズは、『波』のリズムのもたらす効果を 'monotonous' と評し
ている[13]。またA（and）Bという形は一種のシンメトリーで
あり、どこか古典的な形式感をわれわれに与える（'interlude'
と 'episode' の対もそうかもしれない）。篠田一士氏は、フラン
ス象徴派の詩人ボードレールの散文詩「港」を論じて、「形容詞、
名詞、あるいはフラーズがいずれもふたつずつ用いられ、いわ
ば対の形でシンメトリックな安定感を生み出している」と言
う[14]。次のような一節のことである。

il y a une sorte de plaisir $\underset{A}{\text{mystérieux}}$ et $\underset{B}{\text{aristocratique}}$ pour

celui qui n'a plus $\underset{A}{\text{ni curiosité}}$ $\underset{B}{\text{ni ambition}}$, à contempter, $\underset{}{\text{couché}}$

$\underset{A}{\text{dans le belvédère}}$ ou $\underset{B}{\text{accoudé sur le môle}}$,...

　このような、AとBの対の使用に、篠田氏はボードレール
の詩の古典性を確認する。『波』の文章についても同じことが
言えるだろう。そのリズムは『言語という歯冠をまだ嵌められ
ていない歯が、伸び上がろうとする衝迫[15]」にまで至ってい
ないように思える。そういえば、E・M・フォースター（E. M.
Forster, 1879-1970）も『波』の読後感を、「ひとつの古典に出

---

(13)　Frank Swinnerton, review, *Evening News*, 9 October 1931, in Robin
　　　Majamdar and Allen McLauren（eds.）*Virginia Woolf: The Critical
　　　Heritage*,（London: Routledge & Kegan Paul, 1975）, p.267. Phyllis Rose,
　　　Woman of Letters: A Life of Virginia Woolf, Pandora, 1986, p.211.
(14)　篠田一士、「もうひとりのジョン・ダン」、『邯鄲にて』所収、小沢
　　　書店、1986年、75頁。
(15)　ジュリア・クリステヴァ、「言語学の倫理」、『ポリローグ』、289頁。

会ったと信じることから来る興奮のようなものを感じています」と表現した（1931年2月12日付のフォースターの手紙、*D IV* 52）。

　統辞についてはどうだろう。『ダロウェイ夫人』（1925）においては、現在分詞の多用により統辞を弛緩させ、文を膨らませるところがあった。一例を挙げると、

Here she is mending her dress; mending her dress as usual, he thought; here she's been sitting all the time I've been in India; mending her dress; playing about; going to parties; running to the House and back and all that, ...[16]

　ところが『波』になると、先程の原文引用からでも分かるように、文は比較的短く簡潔になる。そして統辞は確実に、しっかりと保たれていて、ひとつひとつの文は引き締まっているように感じる（'I am no longer young. I am no longer part of the procession. ...'）。マキコ・ミノウ゠ピンクニィによれば、『波』の文体はフランス象徴派（マラルメを念頭に置いているように思われる）の詩に近いそうだ。ミノウ゠ピンクニィはドナルド・デイヴィを援用してこう述べる——「象徴派の詩では統辞は表面上は無傷だが、実のところは明確な意味を担っていない。その詩は、音、リズム、イメージの原理に従って構築されている。ウルフの小説、特に『波』において機能しているのは、このような統辞なのである。統辞は著しくリズムや、音あるいは意味の繰り返しに従属させられている[17]」。そしてミノウ゠

---

(16)　Virginia Woolf, *Mrs. Dalloway* (Oxford: Oxford University Press, [1925]2000), p.35.

(17)　Makiko Minow‧Pinkney, *Virginia Woolf and the Problem of the Subject*, (New Brunswick: Rutgers University Press, 1987), p.171.

ピンクニィの挙げる範例が、実は先の引用なのである。また、
'I still move. I still live.' 'I glance, I peep, I powder' など、確かに
「子供が発する一音節の言葉」に近いものだ。

　だが既にみたように、リズムの繰り返しはともすれば単調さ
に陥る。基本的には古典性を帯びた、A and B の積み重ねであ
った。フィリス・ロウズは、ウルフが音の甘美さを尊重するや
り方は、テニソン風だ、とまで言う[18]。ウルフの考えた「詩」
は（たとえモダニティへの意志が頓挫する運命にあるとはいえ）
きわめて伝統的だったということである。そしてやはり、統辞
がしっかりと保たれていることに問題があると思う。言語に前
言語の揺さぶりをかけるには、統辞の大胆な変形も必要なの
だ。確かに語や語句や短い文の繰り返しによって、言葉の線的
な流れ（the syntagmatic chain）はぼかされ、面的になってい
る[19]。言語に少々の揺さぶりはある。だが統辞はしっかりし
ているのだ。ジュリア・クリステヴァは「現代の文学テクスト
は、概して統辞法を保持して」いるとは言うが[20]、彼女の考
える「詩的言語」とは、英語作家ではウィリアム・フォークナ
ー（William Faulkner, 1897-1962）やジェイムズ・ジョイスの
それなのだ。フォークナーは『響きと怒り』（*The Sound and
the Fury* 1929）で、統辞を曖昧化することにより、複数の意味
作用を含ませる文を読者に提出する。

I had forgotten the glass, but I could hands can see cooling
fingers invisible swan-throat where less than Moses rod the
glass touch tentative not to drumming lean cool throat

(18)　Phyllis Rose, op. cit., p.211.
(19)　Makiko Minow · Pinkney, op. cit., pp.171-2.
(20)　ジュリア・クリステヴァ、「述語機能と語る主体」、『ポリローグ』、
　　　271 頁。

drumming cooling the metal the glass full overfull cooling the glass ...[21]

　いくつかの修復不能な省略のために、多義性が引き起こされる。主語—動詞あるいは動詞—目的語の連結がはっきりと見極めがたいことが、主な原因である。すなわち、I can see なのか hands can see なのか。hands can see として、see cooling fingers なのか see, cooling fingers, invisible swan-throat なのか。where less than Moses rod は see の目的語なのか swan-throat にかかるのか。see ... the glass touch とするのか the glass touch（is）tentative と考えるのか。lean cool throat は see, touch, drumming のいずれの目的語か。……統辞はかなり乱れ、「A は B だ」という断言的、一元的な述語作用が「無限化」され、複数の意味を獲得する。それは言語の指示作用の複数化であり、「語ろうとして加える手に従わない」対象のとらえ難さを示すと同時に、対象に多角的に接近するのだ。何を言っているか分からないほどの、統一された意味の欠如あるいは拡散は、逆説的に、言い難い何ものかの存在をわれわれに明らかにする。

　ジョイスはどうだろう。私なりに『ユリシーズ』（*Ulysses*, 1922）から拾ってみた。こちらは修復可能な文章である。

Noisy selfwilled man. Full of his son. He is right. Something to hand on. If little Rudy had lived. See him grow up. Hear his voice in the house. Walking beside Molly in an Eton suit. My son. Me in his eyes[22].

（21）　William Faulkner, *The Sound and the Fury*,（London: Penguin Books, ［1929］1964）, p.157. クリステヴァ、『ポリローグ』、273 頁に引用されている。

　統辞を保ったものもあるが、概ね主語や動詞が（修復可能な
範囲で）省略され、文の断片がポン、ポンと読者の前に放り出
される。その結果、統辞そしてまた言語という約束事にからめ
とられる以前の、「心の中に起こったばかりの思考」に近いも
のをわれわれに喚起する。前言語（原記号態）の存在を、言語
（記号象徴態）の中に垣間見させる。

　フォークナーやジョイスに比較すると、ウルフの『波』にお
ける文体は、あまりに統辞が堅固であるように思われる。日記
にみたように、ウルフは言語の「もの」への接近、言語を貫く
前言語の増強、そして「父」から「母」への回帰を目指す。だ
が、それに応える「私自身の文体」は、必要とされる大胆な統
辞の変形を見せず、二拍子のリズムも結局のところ、古典的安
定を生みだしてしまうようだ。前言語——リズム——「母」を
求めつつ、言語——堅固な統辞——「父」に結果的に嵌まって
しまうのである。家父長的なヴィクトリア朝の作法に違和感を
感じながらも、「役に立つ、美しさもある」（*MB* 164）と評し
てしまうウルフがここにいる。彼女は『私だけの部屋』で、作
家であるためには「自分専用の部屋と年 500 ポンドのお金」が
必要だと言う[23]。（有名な言葉である。）「自分専用の部屋」と
は、ある意味では、家父長制的社会からの「避難所」であろう。
だがもっと広く言えば、混沌に充ちて移ろっていく生からの
「避難所」であり、それを「観察する場」でもある。言語もまた、
意識の「避難所」、それが住まう「部屋」である。フォークナ
ーやジョイスの文体実験は、意識から意識外への冒険であり、
「避難所」あるいは「部屋」から出ていく試みである。一方、
ウルフは部屋にこもろうとする。あるいは、すっかり閉じ込め

---

(22)　James Joyce, *Ulysses*, (London: Penguin Books, 1986), p.73.

(23)　Virginia Woolf, *A Room of One's own*, op. cit., p.90.

られている。1925年8月19日、部屋で歓談中にヴァージニア
は突然顔色が変わり、部屋から出て行こうとするができなかっ
た、という発作の記録をクウェンティン・ベルは残している[24]。
ここに象徴的な意味を求めるのは、深読みがすぎるだろうか。

　『波』のある同時代批評はこう述べている――「ウルフ夫人は、
人生に背を向けて、それが鏡の中に通り過ぎていくのを見つめ
る女のようだ。彼女の安定した一瞥をぐらつかせる何者もな
い[25]」。読後のこういった印象は、実は現在形の多用からく
る。J・W・グレアムによれば、現在進行形が具体的な、動作
の持続感を与えるのに比べると、現在形は時間感覚を宙吊りに
する効果がある。すべての動作や行動を現在形で表現してしま
うと、それらが時空間のどこかで実際に起こっているという印
象を希薄にする。その結果、登場人物たちが直接世界に係わ
り、参加するのを妨げ、登場人物たちと彼らが描写する自らの
行動とを分離してしまう。こうして現在形の多用は行動と意識
の乖離を生むが、イギリス・ロマン派の詩人たちがよく使用し
た。「部屋」で孤独に瞑想する心、「静けさの中に回想された情
緒」を伝えるには適していたのだ[26]。そういえば、人間の生
涯と一日あるいは四季の変化をパラレルにみるのは、ロマン派
的な歴史観だそうである[27]。

---

(24)　Quentin Bell, *Virginia Woolf: A Biography*, (A Harvest/HBJ Book, 1972), II, p.114.

(25)　Storm Jameson, review, November 1931, in *Virginia Woolf: The Critical Heritage*, op. cit., pp.277-8.

(26)　J. W. Graham, 'Point of View in *The Waves*: Some Services of the Style', cited in Eric Warner, *Virginia Woolf: The Waves*, (Cambridge: Cambridge University Press, 1987), pp.43-45.

(27)　Richard Lehan, 'The Theoretical Limits of the New Historicism', in *New Literary History* (Baltimore: Johns Hopkins University Press), Vol.21, No.3, Spring 1990, p.534.

　ダニエル・フェレルも、現在時制で書かれた文章（sentences）は、逆説的に、回想的な視点を示すと言う。さらにフェレルによると、『波』はひとりの語り手によって、ある一点から、回想的に語られる。「ひとりの語り手」とはバーナードであり、彼が実は他の登場人物の独白も語っている。最後の 'episode' でバーナードは、他の登場人物たちの人生を要約する。さらに 'interlude' と同じ単語、同じイメージを用いて海辺の風景を描写し（W 243）、'interlude' ひいては『波』全体の語り手であることを暗示するのだ[28]。もちろん、その背後にはウルフがいる。回想される経験は、回想者からみれば、距離を隔てた「外」である。部屋の鏡もまた「外」の人生を映し出す。いわばヴァージニア・ウルフは、閉じこもった「部屋」から「外」を眺めるのだ。「私の中には傍観者がいて、兄ジョージの批判に身悶えして、その意見に従いながらも、観察を続け、いずれまた書き直そうとメモを取っていた」とウルフは語る（MB 168）。「自分専用の部屋」とは傍観者の部屋でもある。

　どこか安全な場所から「外」を眺めるという身振りは、ウルフの作品の随所に認められる。バーナードは「私は（...）椅子から少しも動かずに、スパイのように振舞うことができた」と述懐する（W 243）。「コーヒースプーンで人生を測りきってしまった」プルーフロックさながらである。「壁の上の点」（'The Mark on the Wall', 1917）、「書かれざる小説」（'An Unwritten Novel', 1920）、「存在の瞬間—『スレイターのピンは尖っていない』」（'Moments of Being: "SLater's pins have no points"', 1925）、「鏡の中の婦人—映った影」（'The Lady in the Looking-Glass: A Reflection', 1929）などでも、人物が一定の場所にとどまって「外」にあるものを観察し、判断を下す。この身振りは

---

(28)　Daniel Ferrer, op. cit., pp.90-93.

ウルフのそれでもあろう。彼女自身、半透明の膜でできた球から外を見ていた、幼少期の思い出を語る（*MB* 74）。

　「半透明の膜でできた球」、そして「私だけの部屋」。その内にいるウルフの耳に響くのは、一、二、一、二とリズムを刻む波の音だろうか。

Ⅱ部

第7章

モダニズムと無媒介性
に関する覚え書

　ひとえにモダニズムといっても、これを精確かつ総体的に定義するのは困難である。バーナード・バーゴンツィは「モダニズムの到来 1900 - 1920」で、ときには時期とその頃書かれた作品を指しまたときには姿勢や質を言うといった形で、"Modern" という語をかなり自由に使っていることを自認する[1]。フランク・カーモゥドは "Modernisms" という論文でモダニズムの諸バージョンを考察しているし[2]、ピーター・ブルッカーも、モダニズムの詳細な年代記を作成するならモダニズムが複数ある感を強めることになるだろう、と語っている[3]。

　しかしカーモゥドの場合、「モダン文学、モダン美術、モダン音楽が意味するところは、概して皆が知っている。そういった語はジョイス、ピカソ、シェーンベルクあるいはストラヴィンスキーのことを言うのだ」と言って憚らない[4]。ピーター・フォークナーになると、英国のモダニズムなら 1910 年から 1930 年までと、大胆にもはっきり限定してしまう[5]。私もこ

---

(1)　Bernard Bergonzi, 'The Advent of Modernism 1900-1920' in Bernard Bergonzi (ed.) *History of Literature in the English Language, vol.7 The Twentieth Century* (London: Sphere Books, 1970), p.43.

(2)　See Frank Kermode, 'Modernisms' in *Continuities* (London: Routledge & Kegan Paul, 1968).

(3)　Peter Brooker, 'Introduction: Reconstructions' in Peter Brooker (ed.) *Modenzism/ Postmedernism* (London: Longman, 1992), p.5.

(4)　Frank Kermode, op. cit., p.28.

こでは主として英国、時期は（バーゴンツィとフォークナーの
案を足したみたいだが）大体 1900 年から 1930 年の間の、小説
家たちを中心に触れる[6]。そして、「直接性」あるいは「無媒
介性」（'immediacy'）というひとつの概念を用いてスケッチ風
に諸作家をつないでみようとする、ささやかな試みを行う。

---

(5) Peter Faulkner, 'Introduction' in Peter Faulkner（ed.）*A Modernist Reader: Modernism in England 1910-1930*（London: Batsford, 1986）, p.13. 付けられた年譜によれば、1910 年の E. M. フォースター『ハワーズ・エンド』、W. B. イェーツ『緑の兜その他の詩』に始まり、1939 年の T. S. エリオット『聖灰水曜日』、ウィンダム・ルイス『神の猿』に終わる。

(6) ちなみにマイクル・ベルも時期を 1900 年から 1930 年に設定している。彼は 'Modern' という語はこの時期に生産されたどの作品にも適用できるが、'modernist' というともっと限定されてくる、と言う。たとえばマルセル・プルースト、ジェイムズ・ジョイス、トーマス・マン、エズラ・パウンド、T. S. エリオット、D. H. ロレンスらである。See Michael Bell 'Introduction: Modern Movements in Literature' in Michael Bell（ed.）*The Context of English Literature: 1900-1930*（London: Methuen & Co Ltd, 1980）, p.2.

さらにストリンドベリィ、チェホフを含めて 1890 年から始める書もある。See Malcolm Bradbury and James McFarlane（eds.）, *Modernism 1890-1930*（London: Penguin Books, 1991）. またマイクル・H・レヴェンスンは、T. E. ヒュームが「詩人クラブ」に所属した 1908 年からエリオットが『荒地』を発表した 1922 年までの流れを詳細に辿っている。See Michael H. Levenson, *A Genealogy of Modernism: A Study of English Literary Doctorine 1908-1922*（Cambridge: Cambridge University Press, 1984）.

概ね、20 世紀の最初の四半世紀をモダニストの活動が最も盛ん立った時期とみなす点で、諸批評家も一致することが多いようである。See Peter Brooker, op. cit., P.4.

補足：モダニズムは過去のものではなく、その書き方のスタイルは今も生産され続けているという議論がある。Marjorie Perloff は、J. H. Prynne や Susan Howe は 21 世紀のモダニストと言う。Red Mengham と John Kinsella は 2004 年に編んだ詩集 *Vanishing Points: New Modernist Poems* の中で、「後期モダニスト」（'late modernist'）という表現を用いている。See Rachel Potter. *Modernist Literature*（Edingburgh: Edingburgh University Press, 2012）, p.2.

（ブルッカーが言うように、これからはモダニズムを研究する
うえでジェンダー、民族、文化的アイデンティティの問題を考
慮するのは確かに重要だろう[7]。その意味において――ジェ
ンダーには少々言及するが――この覚え書は「進歩的」なもの
ではない。）

1

　ピーター・アクロイドによれば、西洋において 17 世紀末に
端を発する言語観は「言葉は平明でなければならない、透明で
なければならない。『事物』を映すものでなければならない」
というものだった[8]。付け加えるなら、言葉は理性や神の真
理を映すべき道具だったのである。まず真理があり、次に言語
があったのだ。ところが 20 世紀に入ると、リチャード・ロー
ティが言うところの「言語に関する転換」('linguistic turn')
が起こる。主従関係が逆転し、言語が物事の真偽を決定する鍵
を握ることになるのだ。ローティ曰く「哲学の問題は言語の問
題である」[9]。

---

[7]　Peter Brooker, op. cit., p.73.

[8]　Peter Ackroyd, *Notes for a New Culture* (London: Alkin Books, 1993),
p.15. 引用した箇所は 17 世紀の「古典的モダニズム」の言語観の説明
である。アクロイドによれば、この時代では「人間」がまず第一であり、
言語は二次的なものだ。それが（われわれが扱う）20 世紀のモダニズ
ムになると、言語が「人間」から離脱し、自然の物がもつような自律
を目指すようになる。その点イギリスのモダニズムは大陸のそれに比
べ、「主観」だの「経験」だの「人間」をひきずっていて、不十分であ
る。アクロイドの考えを推し進めると、自己言及的な小説をよしとす
るポストモダニズム（実はこの語の全体的な定義も難しい）が、モダ
ニズムの「完全形」と思われる。

[9]　Maria Baghramian, 'Introduction' in Maria Baghramian (ed.) *Modern
Philosophy of Language* (London: J. M. Dent, 1998), p.xxx, p.xliii, p.xlvii.

これは言語という媒介に対する違和感につながるだろう。言語とはその音も文字も「不透明」なだけでなく、異形でもある。子供にとっては特にそうだ。国は異なり時代も少々違うが、「蛍の光」の「いつしか年も、すぎのとを」の一行に、幼少期三浦雅士は塔のようにそびえる巨大な杉の木を思い浮かべる。蓮實重彦も「あけてぞ、けさは、わかれゆく」に、「ゾケサ」なる奇怪な動物の行進を想像していた[10]。また文字については、柄谷行人が面白い経験を語っている。アメリカに滞在していたとき、日本語の本を読んでいると「活字がひどくなまめかしくみえ」、「漢字という顔や胴体があって、そこから平仮名が千手観音のように手足をひろげているようにみえた」という[11]。

　焦点を1900-1930年、イギリスのモダニズムに絞ろう。「一新すること」（'making it new'）とはロンドンにやって来たアメリカ人エズラ・パウンドの言葉だが、周知のようにジェイムズ・ジョイスやヴァージニア・ウルフあるいはドロシー・リチャードスン（Dorothy Richardson, 1873-1957）[12]は小説言語の革新を興す。（『ユリシーズ』1922年、『ダロウェイ夫人』1925年、『燈台へ』1927年、『巡礼』1915-38年。）いわゆる「意識の流れ」の手法だが、これは媒介としての言語に対する違和感に根ざしているのである。彼らは、反復不可能な一回性の生（無媒介）を反復可能な言語（媒介）によっていかにして受け手（読者）に伝えるかという解決不能な問題に応えて、文体実験を行う。しかし実は、この問題は先行するロマン派も共有していた。

　ヘーゲルは、ロマン派芸術に関してこう論じる——「外形は魂の内面の至福にとって価値がないため、内面と外界の造形と

(10)　三浦雅士、『身体の零度：何が近代を成立させたか』、講談社、1994年、9頁。

(11)　柄谷行人、『反文学論』、講談社学術文庫、1991年、208頁。

は関係のないものとなっています。外形はもはや内面の意味を表現することができず、それでもなお内面と関係をもつものとして、その役目は、外形がもはや十分に満足の行く存在ではなく、内面の心情こそが本質的な要素であることを示唆するということにとどまります」[13]。言い換えると、本当に表現したいものは適切に表現されることができず、表現したいもの（内面＝無媒介）と表現されたもの（外形＝媒介）との間には常に食い違いがあるのだ。にもかかわらず、'unique' な内面を 'general' な外形で表現しようとするところに「ロマン派の苦悶」（'the Romantic agony'）が生じる。その表現形式は皮肉あるいは反語である。「作家は対象を忠実に模写するように表現するかとおもえば、それらをゴチャゴチャに並べ換えて、戯画的に表現したり、美しいものを表現するためにわざと反対に醜いものを表現したりするのである」[14]。

---

(12)　1990年代、フェミニズムの立場からリチャードソンの *Pilgrimage*（1915-38）を再評価する動きが起こる。たとえばジーン・ラドフォードはその異常な長さや無形式に、男性による小説に欠けているものを書こうとする営為を見いだす。クリスティン・ブルーメルは主人公ミリアムのレスビアニズムを、ヘテロセクシュアル／ホモセクシュアルという二項対立を疑問に付す戦略と考える。See Jean Radford, 'Coming to terms: Dorothy Richardson, Modernism and Women' (1989) in Peter Brooker, op. cit. and Kristin Bluemel, *Experimenting on the Border of Modernism: Dorothy, Richardson's* Pilgrimage (Athens: University of Georgia Press, 1997), especially chapter 2 'The Missing Sex of *Pilgrimage*'.

　リチャードソン以外にも、次のような女性作家が重要なモダニストとして再認識される：（名前だけを挙げる）Katherine Mansfield, H. D., Gertrude Stein, Djuana Barns, Marianne Moor, Mina Loy, Nancy Cunard, Laura Riding, Mary Butts, Jean Rhys, Nella Larson, Claude McCay and Jean Toomer. See Rachel Potter, op. cit., p.4.

(13)　G. W. F. ヘーゲル、『美学講義（中）』、長谷川宏訳作品社、1996年、116頁。

(14)　村上隆夫、『ベンヤミン』、清水書院、1990年、100頁。

スラヴォイ・ジジェクによれば、無媒介なるものは常に――すでに遡及的に置かれる、したがって無媒介なるものはそれが失われると同時にあらわれることをヘーゲルは洞察していた、という[15]。つまり、媒介あっての無媒介であって（デリダなら、媒介から無媒介が派生する、とでも言うだろう[16]）、外形（媒介）に先立って表現すべき内面（無媒介）がまずあるなどとロマン派が思うのは背理だ、とヘーゲルは知っていたということになる。ジジェクの説は面白い。しかし、主観＝認識＝媒介はその弁証法的発展によって、いずれは絶対知の名のもとに客観＝現実＝無媒介に到達できるとするヘーゲルは、やはりロマン派の一人ではないだろうか。

　ともあれ、このようにロマン派とモダニズムは難問を共有するわけだ[17]。では、この両者の差異はどこにあるのか。ゲイブリエル・ジョシポヴィチの見解が興味深い。ジョシポヴィチによれば、ロマン派芸術家が神秘や恐怖の中に開示される真の'uuique'な自己を伝えようとするのに対し、モダニストは日常世界の「他者性」を明らかにする。われわれが普段身にまとっ

---

(15)　Slavoj Žižek, 'On the Other' in *For They Know Not What They Do: Enjoyment as a Political Factor* (London: Verso, 1991), P.167.

(16)　See Jacques Derrida, *Of Grammatology*, trans. Gayatri Chak- ravorty Spivak (Baltimore: Johns Hopkins University Press, [1967]1976)、pp.141-164.

(17)　他にロマン派とモダニズムの継続性あるいは共通点として、たとえばレナト・ポッジオリは「限られた受け手を対象にしていて、貴族的であること」、「反伝統的姿勢」を挙げている。See Renato Poggioli, *The Theory of the Avant-Garde* (1962), trans. Gerald Fitzgerald (London: The Belknap Press of Harvard University Press, 1968), pp.46-56.
またデイヴィッド・ロッジはロマン・ヤコブソンを援用して、伝統的なリアリズム小説を換喩的とするならロマン派やサンボリズムの詩は隠喩的であり、モダニズムの小説は後者に近いと論ずる。See David Lodge, 'The Language of Modernist Fiction: Metaphor and Metonymy' in Ma1colm Bradbury and James McFarlane (eds.), op. cit., pp.483-4.

ている習慣の膜を取り払うことによりわれわれの眼を開かせ、また芸術作品自身が「ひとつの異形の」（'singular'）ものであることを知らしめるのだ。ロマン派的「個人」は言葉や音に隠された魔力を自分こそが引き出せる魔術師たらんとしたが、モダニストは「非個人」であって、言葉や音という「もの」を扱う職人である。ロマン派には自らの経験＝皆の経験という素朴な信じ込みがあるが、モダニストは醒めている。その芸術は個の表現ではなく、ゲームとしての芸術。あるルールのもとに受け手を参加させるのだ。受け手は創造の一端を担うことにより、世界を新たにみつめる眼差しを獲得する。ジョシポヴィチが例に挙げるのは、ピカソがつくった自転車の座席とハンドルでできている雄牛の頭である。ハンドルのなかに雄牛の頭を、すべての雄牛の頭にハンドルをみることが大事なのだ[18]。

　シクロフスキーの「非日常化」の概念[19]やバルトの「書きうるテクスト」[20]を連想したむきも多いだろう。それはともかく、ジョシポヴィチに従うなら、反復不可能な生を反復可能な媒介でいかに伝えるかという問いに対して、ロマン派は愚直に「苦悶」を続けるが、モダニズムの芸術家は一歩退いて受け

---

[18]　Gabriel Josipovici, 'Modernism and Romanticism' in *The World and the Book* (Stanford: Stanford University Press, 1971), pp.179-200.

[19]　念のために「非日常化」に関するシクロフスキーの説明を記す——「知ることとしてではなしに見ることとして事物に感覚を与えることが芸術の目的であり、日常的に見慣れた事物を奇異なものとして表現する《非日常化》の方法が芸術の方法である」、V. シクロフスキー、「方法としての芸術」、『散文の理論』、水野忠夫訳、せりか書房、［1925］1971 年、15 頁。

[20]　「書きうるテクスト」とは単に読者によって消費される（読まれる）テクストではなく、読者の参加によって生産される（書かれる）テクストである。特定の意味を読者に押しつけるリアリズム小説に対し、ヌーボー・ロマンの作家たちのテクストをバルトは念頭に置いているように思われる。ロラン・バルト、『S ／ Z』、沢崎浩平訳、みすず書房、［1970］1973 年 5-9 頁参照。これも念のため。

手に創造を一部任せるというからめ手にでるわけだ。

　しかし、ジョイスは子供の頃から言葉の魔力に魅せられ、彼の小説の登場人物（スティーヴン・ヒーローやスティーヴン・ディーダラス）もその傾向を共有している[21]。ジョシポヴィチは、ロマン派の芸術家は「自らつくるものが周囲の世界とほぼ溶けあうまで、その小説なり音楽なり絵画なりの輪郭を曖昧にしようとする」[22]と言うが、この姿勢はウルフにもある[23]。リチャードスンの小説の長大さは、後期ロマン派の作曲家グスタフ・マーラーの交響曲さながらに、創造者の体験の時間と受容者の時間を一致させようとする無謀な試みの結果にほかならない。そもそも「意識の流れ」という実験的手法自体が、ロマン派が好む個人の内面表現の、究極の形式ではないだろうか。つまり、概してイギリスのモダニズムはロマン派に近い、あるいはその残滓を引きずっているとは言えないだろうか[24]。

2

　ロマン派的モダニズムは「無媒介への志向」というか、表現したいもの（無媒介）と表現されたもの（媒介）との距離を無化しようとする。媒体は異なり時代も少々くだるが、フランシス・ベーコンの絵がその構えを説明してくれるだろう。浅田彰は語る――「F・Bの関心は、意味として固定された暴力を絵ときすることではなく、『リアリティそのものの暴力』を直接

---

(21)　John Gross, *Joyce* (Glasgow: Fontana, 1976), p.73.

(22)　Gabriel Josipovici, op. cit., p.197.

(23)　本書第6章を参照されたい。

(24)　アクロイドによれば、ロレンスやイェーツもロマン派の伝統、その「自己の物象化」に接続している。See Peter Ackroyd, op. cit., p.38.

つたえることにあるのだ。意味のヴェール、フォルムのヴェールを破り去って、リアリティと裸で触れあうこと。そのことがもたらす衝撃を、人は暴力といういかにもまずい言葉で呼んでしまう。暴力と言うより直接性・無媒介性と言ったほうがいい、とF・Bが語っているのは、おそらくそのためである」(25)。

「無媒介への志向」はジョイス、ウルフ、リチャードスンにおいて彼らの文体に顕在化するが、D. H. ロレンスや E. M. フォースターの場合はそれが物語として伝統的な小説作法で語られる。

拡大解釈すれば法、制度、階級、ジェンダーなども「媒介」である。『チャタレイ夫人の恋人』(*Lady Chatterley's Lover*, 1928) では、コンスタンス・チャタレイと森番メラーズが階級差を打ち破って「裸で触れあう」。『モーリス』(*Maurice*, 1914、1971 死後出版) が扱うホモセクシュアリティは、歴史的に形成された「男らしさ」「女らしさ」という「意味」(あるいはジェンダー) を揺さぶる。さらにロレンスとフォースターの短編を、もっと詳しくみてみよう。

フォースターの初期短編のひとつに「パニックの物語」(1902)がある(26)。この物語は、ティトラー氏という「平凡な、普通の、文学趣味を衒うほどではない」(9) 人物により、一人称で語られる。彼は妻と娘ジャネットとローズを連れて、イタリアはラヴェロという町の小ホテルに滞在している。同じくイギリス人の旅行客で同ホテルに泊まっているのは、14 才の少年ユスタス・ロビンスン、彼の二人のおば、もと副牧師で彼の家庭教師サンドバック氏、そして自称画家のレイランド氏である。

---

(25)　浅田彰、「F・B の肖像のための未完のエスキス」、『ヘルメスの音楽』所収、筑摩書房、1985 年、171-2 頁。

(26)　E. M. Forster, 'The Story of a Panic' in *Collected Short Stories* (London: Penguin Books, 1954). 以降この短編からの引用には原書の頁数を付す。

ジャネットをのぞいて彼らはある日、栗の木の森をなす山にピクニックにでかけた。昼食が済む。いやいやながら来ていた、普段から「遊ぶでもない勉強するでもない」(10) ユスタスは木の幹から笛を作りはじめた。レイランド氏、「私」ティトラー、そしてサンドバック氏は自然について談議する。この三人は典型的なイギリス中産階級の人間だ(27)。

　栗の森の一部が伐採されているのを見て、レイランドは言う、「自然からすべての詩が去ろうとしている。…いたるところに卑しい荒廃が広がっているじゃないか」(12)。これは、ありきたりの美意識と衒いによるものにすぎない。土地を所有した経験のある「私」は実用的な見地から、伐採は大きな木々の健康には必要だし、地主が自分の土地から収入を得るのは当然だ、と反論する。森はもはや牧羊神パンを守ってくれない、とさらに続けるレイランドを、サンドバックが「パンは死んだんだ。だから森はパンを守らないんだよ」(13) と受ける。しかしこれも、副牧師としての説教の延長である。三人とも、社会に容認されたそれぞれの立場の「ヴェール」を通して、自然を見ているだけなのだ。

　ひとしきりお喋りが続いたあと、すべてのものが動かず、静まりかえった。突然、耳をつんざくようなユスタスの笛が響きわたる。おばのメアリィとレイランドが彼をたしなめようとした。

　　それから恐ろしい沈黙が、ふたたび私たちに訪れた。そのとき私は立ちあがって、微風が向かいの尾根をくだり、明るい緑を黒く変えて渡っていくのを見つめた。突飛にも何かの

---

(27)　Christopher Gillie, *A Preface to Forster* (New York: Longman, 1983), p.41-42.

予兆のような感覚が、私を襲った。そして振り返ってみると、驚いた、ほかの皆も立ちあがって見つめていたのだ。(14)

そしてパニックが起こる。誰が先ともわからず、ピクニックに来た者たちは坂を駆けおりる——ただ一人ユスタスをのぞいて。このとき「ヴェール」が剝がれ、彼らは自然の「リアリティそのものの暴力」に「裸で」、無媒介に触れあい、「人間としてではなく、獣として」(15)恐れ戦いたのである。

ユスタスだけはその場から逃げなかった。一同が勇気を出して戻ってみると、彼は悠然と草むらに横たわっている。それから全員で山を下るとき、彼は高揚した状態で、犬や野うさぎや山羊になったかのように振る舞う。挙げ句の果てには、見知らぬ老婦人にキスをしてしまう。ユスタスが牧羊神に憑かれているのは、あまりにも明らかだろう。

宿に帰ったその夜にもひと波乱ある。真夜中にホテルの庭で、ユスタスが騒いでいるのだ。彼は歌い、喋り、自然の偉大な力を讃える——「僕にはほぼ何でも理解できる。木も、丘も、星も、水も何でもわかるんだ」(29)。ロマン派的な、宇宙との合一。

サンドバックとレイランド、そして「私」がユスタスをなかに入れようとするが、かなわない。そこで臨時雇いのウェイター、ゲナロに頼む。彼は漁師の息子で、ユスタスの一番の理解者である。(二人の関係はホモセクシュアリティを匂わせる。国と階級とジェンダーを越えた、人と人の結びつき、と言えなくもない。)

ゲナロは最初拒むが、「私」に金をちらつかされ、承諾する。彼はいったんユスタスを捕まえるが、レイランドが誤ってランプを消してしまった（暗闇に乗じてゲナロはユスタスのいる二

階に駆けあがり、二人は窓から庭に飛び降りる。このときゲナロは死ぬ。しかしユスタスは叫び、笑い声をたてながら夜の闇に消えていく、自然と無媒介に接するために。

次にロレンスの「プロシャ士官」（1914）を取りあげる[28]。「パニックの物語」が明確な構図で「無媒介への志向」を楽観的に賛するのに対し、この短編は意外と複雑で、私には2つの物語が微妙に交錯しているように思われる。

ひとつは、異質なふたりの人間の無媒介な接触と、そのとき生じる暴力の物語である。

とあるプロシャの軍隊が、山々に向かって行進している。主人公の兵士は両ももの裏に傷を負いながら、歩いている。彼が当番兵をしている大尉、すなわちプロシャ士官に蹴られたのだ。そのいきさつが次第に語られていく。

大尉は「四十がらみの背の高い男で、こめかみのあたりが白くなっている」(2)。美男で体格も立派、乗馬も上手い。プロシャの傲慢な貴族だが、若い頃賭博で借金を背負い、歩兵隊の大尉でくすぶっている身である。一方、兵士は「二十歳前後の若者で、中背、体格はよく」(2)、その眼は「感覚から直接生を受け入れ、本能のままにふるまってきた」(3) ことを思わせる。

身分や世代や文化的洗練度、そして生の在り様もちがうこの二人の間に、緊張がつのっていく。「ほとんど生気が衰え、固くなってしまった」(3) 肉体をかかえる大尉には、若い兵士の「とても自由で自足したところ」(3) が苛立たしい。兵士のほうは、馬上の上官の美しい姿に、自分とのつながりを感じていた。しかし、あるとき卓上のワインの瓶を倒してしまい、大尉

---

(28)　D. H. Lawrence, 'The Prussian Officer' in *The Prussian Officer and Other Stories* (London: Penguin Books, 1995). 以降この短編からの引用には原書の頁数を付す。

に睨みつけられる。彼はそれ以来、プロシャの士官に会うのを
恐れるようになる。

　大尉は当番兵をいじめはじめた。軍隊用の手袋を彼に投げつ
けたり、ベルトの端で顔を叩く。そしてある夕食時、給仕する
兵士が耳に鉛筆をはさんでいるので、大尉が理由を訊ねた。
（恋人の誕生日カードに書く詩を写していたのだ。）答えない兵
士が抱えた皿の山を置こうとしたとき、後ろから蹴りを入れら
れる。若者がうろたえ、よろめく様を見て、士官はほとんど性
的な、「快楽に似た激痛」（7）を覚える。その後士官を前にす
ると、兵士は「自分の体がばらばらに解体していくみたいに」
（10）感じるようになった。

　こうして冒頭の、山々に向かって軍隊が行進している場面に
戻る。さらに前進を続けて丘を上る連隊も、ようやく休憩をと
る。馬上で誇らしげに部下を見下ろす大尉は、食欲もなく座っ
て待機している兵士に命令を下す、「宿舎に行って──を持っ
て来い」。

　大尉は森の中へ入って行く（「パニックの物語」と同様、森
で事件が起こるのだ）。命令されたものをもって、兵士は森の
中にある空地に着く。大尉は中尉となにか話していたが、やが
て中尉は去った。士官はビールを飲みパンを食べ、かたわらに
若者が立つ。「二人は緊張して固くなった」（14）。そして遂に、
身分や軍隊内での上下関係という「媒介」が抜け落ちる。異質
な人間同士が、言葉というこれまた「媒介」もなく、動物と動
物のように暴力的に接触するのだ。ビールを飲みながら上下す
る年長者の喉をみつめるうちに、我知らず若者は相手に跳びか
かっていた。

　　拍車を木の根にひっかけながら、凄じい音をたてて士官は
　後ろに倒れた。背中の真ん中を鋭い切り株にいやな感じに打

ちつけ、瓶が飛んでいった。そして瞬く間に当番兵は、真剣でまじめな若々しい顔で、下唇をかみ、膝を士官の胸に入れ、彼の顎を切り株の端の向こうまで押しやった。猛烈な解放感に我も忘れ、手首の緊張も痛いほど安らぎを帯びていた。そして手のひらの付け根で、士官の顎を全力で押した。あの顎、すでに少し髭がのびてざらりとした、あのかたい顎を両手に掴むのは、嬉しかった。(15)

　兵士は大尉を殺害する。痙攣する肉体に恐れを抱きながらも、「それを押えつけるのが楽しかった」(15)。またしても「無媒介な接触」による一種性的な悦びが、読者に伝えられる。兵士はそれから森の奥に入り、一夜を過ごす。だが、熱にうなされ消耗しているところを発見され、病院で息絶える。その死体はプロシャ士官の遺体と並んで、死体置場に安置される…。

　ふたつめは、無媒介への志向とその挫折の物語である。

　大尉は「情熱的な気質だが、いつも自分を抑えている」(4)、規律＝法＝媒介の人である。一方の兵士は、恋人といるとき「話さず、腕をまわして、肉体的接触を求める」(5)、無媒介の人間。したがって、媒介／無媒介の二項対立の物語として、この短編は読めるわけだ。では、当番兵による大尉の殺害によって無媒介が勝利するのかというと、そう簡単にもいかない。

　この短編では、「山々」が裸で無媒介の自然の象徴として現れる。そもそも冒頭で、「蒼白くとても静かなたたずまいで、深い大気からやさしく輝く雪をいただいている」(1) 山々を、兵士たちは目指していた。兵士の恋人は、「山々から来た、独立心の強い、原始の娘」(5) であった。この娘とは、当然むすばれない。士官を殺し森の奥に分け入ったとき、確かに当番兵は「到達したという感覚」(19) を覚える。しかし、彼は熱で錯乱するなかで「自分から脱け出て、山々と同化したい」(20)

と願うが、かなわない。内から解体していく彼の脳裏には、山々が「自分に失われたものをもっている」(20) と映るのである。こうして無媒介を志向する兵士は挫折し、プロシャ士官＝媒介のそばに横たえられた。

　ただ気になるのは、兵士の死体が「いつなんどきでも、必ずや再び生へと目覚めるようにみえた」(21) と書かれていることだ。ここから、媒介でも無媒介でもない、二項対立を脱構築する形でこの短編は終わる、と言えなくもない。しかしそれよりも、ひょっとしたら兵士は生き返り、「山々から来た娘」と出会うのではないか、そしてその物語が年月を経て変奏され「逃げた雄鶏」('The Escaped Cock', 1929) に結実するのではないか、と思うほうを私は好む。

3

　無媒介への志向は、必然的に挫折するのだろう。今村仁司は次のように言う。

　　複数の人間たちがともに生きることは、すでにそれ自体で直接性と透明性の喪失を意味している。複数の人間たちが共存する状態は、何らかの仕方で、社会関係のあらゆる領域で、媒介的交換をしながら生きることである。直接的交換なるものは、厳密にはありえない。そうした対象への関わりは、対象との神秘的合一ないし融合であり、人間の想像的体験として重要であるとしても、現実の人間関係の中心にはない。かりにそうした神秘的体験が人間関係のなかに介入することがあるならば、そのときは社会関係の崩壊の時である(29)。

フランコ・モレッティに拠るのだが、ジョルジュ・ソレル（Georges Sorel, 1847-1922）は『暴力論』（*Réflexions sur la Violence*, 1908）のなかでこう説く。「社会的妥協」が至るところに蔓延し、西洋は「平和」と「安定」の名のもとに社会的階級の真の性質を覆い隠した、臆病な時代を生きている。しかし、そんな時代も終わりを告げる。ゼネラル・ストライキが「社会的亀裂」あるいは「危機」を引き起こすことによって、各階級は自身を取り戻す。そして、ゼネストとは過程ではなく、瞬間、それも真実の瞬間なのだ。モレッティによれば、「真実の瞬間としての革命」というイメージは必然的に、社会的真理は内戦という危機においてのみ現れるという帰結に至る。（つまり内戦という暴力のなかに、真理が直接的に、無媒介に現前するのだ。）このイメージは右翼のみならず左翼にも採用される。若き日のルカーチ・ジェルジュ（Lukács György, 1885-1971）やカール・シュミット（Carl Schmitt, 1888-1985）にそれがみられる、そしてワルター・ベンヤミン（Walter Benjamin, 1892-1940）にも[30]。

　村上隆夫によると、罪を取り去って人間を救済するという意味において、「神的な暴力」をベンヤミンは肯定する。ソレルの構想するゼネストとはベンヤミンにとって、歴史の過程に「電撃的に」介入して国家権力を廃絶してしまう神的な暴力である。そしてベンヤミンの批評とは、幼年時代の輝かしい経験を文学作品の隠れた意味として、「電撃的に」、一瞬の閃光のうちに明らかにして救済するものだ[31]。

　「電撃的」といえば、ナチの軍隊が得意にするのが、「電撃作

(29)　今村仁司、『貨幣とは何だろうか』、ちくま新書、1994 年、178 頁。

(30)　Franco Moretti, 'The Moment of Truth', in *Signs Taken for Wonders*, revised edition (London: Verso, 1988), pp.258-260.

(31)　村上隆夫、前掲書、90-98 頁。

戦」であった。何の通告もなしに、瞬間的に相手国に攻撃をし
かけること。「電撃性」という点で、ナチとそれに追われ自殺
した者が結びつくのは、なんと皮肉なことか。

　表現上の暴力と実際の暴力は、もちろん違う。しかし、ファ
シズムは無媒介性、電撃性を経由してモダニズムとつながりは
しないか。事実、パウンド（Ezra Pound, 1885-1972）や（一時
的に）ウィンダム・ルイス（Wyndham Lewis, 1882-1957）[32]は
ファシストであった。また、ロレンスは一連の「指導者小説」
や評論で、ファシズムに接近する[33]。第二次大戦中親ナチ的
な論文をものした汚点をもつベルギー人ポール・ド・マン（Paul
de Man, 1919-1983）が、戦後アメリカに渡って執拗なロマン派
批判を展開するのも、理由はここらあたりにあるのかもしれな
い。

　いまひとつの媒介、貨幣に関して再び今村仁司は語る、「素
材貨幣はなくしたり代替できるが、形式としての貨幣は廃棄不
可能である。なぜならそれは、人間関係に内在する暴力の制度
的回避の装置であるからだ。しかしわれわれは、貨幣や商品の
優越的支配が別の災厄をもたらすことも知っている」と[34]。

---

(32)　フレドリック・ジェイムスンはマルクス主義の立場から、精神分析
を利用しつつルイスを分析している。ジェイムスンはルイスのナチズ
ムへの傾倒を、彼の女嫌いや反共産主義との関連からみている。See
Fredric Jameson, *Fables of Aggression: Wyndham Lewis, the Modernist as
Fascist*（Berkeley: University of California Press, 1979）, p.5.

(33)　加藤英治によれば、ロレンスの提唱する「指導者」とヒトラーは似
て非なるものらしい。加藤氏はロレンスの評論「力あるものは幸いで
ある」を論じながら、ヒトラーが民族の欲望と同化した、「大衆民主
主義」の具現者であるのに対し、ロレンスの「指導者」は大衆から超
越した、力ある存在で、イメージとしては炭坑夫たちの組頭である、
と弁別する。しかし、「力」の意味の曖昧さは否めない。加藤英治、
『ロレンス文学のアクチュアリティー』、旺史社、1998 年、215-232 頁
参照。

(34)　今村仁司、前掲書、233 頁。

同様のことは言語に関してもいえるだろう。モダニズム、無媒介性、暴力、ファシズム、ここに考慮すべき問題系が存在するように思われる。

第8章

ためらいと決断：T.S.エリオット
「J・アルフレッド・プルーフロックの恋歌」と
ハイデガー『存在と時間』

　T. S. エリオット（T. S. Eliot, 1888-1965）は20世紀の英語圏文学を代表する詩人の1人だが、1917年に『プルーフロックとその他の観察』（*Prufrock and Other Observations*）という詩集を著す。題名を構成するプルーフロックとは、架空の中年男である。彼の恋歌、正確には「J・アルフレッド・プルーフロックの恋歌」（'The Love Song of J. Alfred Prufrock'）が詩集の冒頭を飾るが、これについて、以下にひとつの考察を試みる。

1

　「プルーフロックの恋歌」は、意中の女性に告白できない、頭が少し禿げかかった情けない中年男の独白あるいは呟きである。彼は逡巡し、ためらい、迷う。まず、詩の出だしを見てみよう。

　　Let us go then, you and I

　　When the evening is spread out against the sky

　　Like a patient etherised upon a table;

　　Let us go, through certain half deserted streets,

　　The muttering retreats

　　Of restless nights in one-night cheap hotels

　　And sawdust restaurants with oyster-shells:

　　Streets that follow like a tedious argument

Of insidious intent

To lead you to an overwhelming question ...

Oh, do not ask, "What is it?"

Let us go and make a visit. (1-12)[1]

じゃあ、行こうか、きみとぼくと、

薄暮が空に広がって

手術台の上の麻酔患者のように見えるとき。

じゃあ、行こう、半ば人通りの絶えた通りを抜けて—

安宿で落ちつかぬ夜たちが

何かを呟きながらひそんでいたり

おが屑まいたレストランには牡蠣殻が散らばっていたり。

確たる当てもない

退屈な議論のように続く通りをたどって行くと

とてつもない大問題にぶち当たるのだ…

訊かないでくれ、「何のことだ」なんて。

さあ、行こう、訪問しよう。

　岩崎宗治氏によれば、「プルーフロック」という名前は 'Prudence in frockcoat' つまり「フロックコートを着た〈慎重居士〉」を暗示し、几帳面で万事に及び腰の小心男を連想させるそうだ。[2] そして、プルーフロックは社会的自我と内面自我、対世間的自意識と性的自我に分裂していると言う。[3] 類似

―――――――――――――――――――――

(1)　T. S. Eliot, *The Waste Land and Other Poems*（New York: Penguin Books, 1998）を底本とした。（ ）内の数字は行数を示す。日本語訳は、岩崎宗治氏のもの（T・S・エリオット、『荒地』、岩波文庫、2010 年）を使用させていただいた。

(2)　T・S・エリオット、『荒地』、岩崎宗治訳、岩波文庫、2010 年、140 頁。

(3)　同書、133 頁。

した読みはジョージ・ウィリアムスンも披露していて、「ぼく」
が臆病な自我、「きみ」が恋する自我、どちらもプルーフロッ
クだと説明する。[4] また、作者エリオットが米国とヨーロッパ
を行き来したこともあり、「ぼく」にはヨーロッパ文化に親し
むエリオットが、「きみ」には米国人としてのエリオットが反
映されている、という説もある。[5]

　いずれにせよ、プルーフロックは「きみとぼく」に分裂して
いることを、ここで記憶に留めておこう。

　「とてつもない大問題」とはどうやら、意中の女性――「ブレ
スレットをつけた、あのむき出しの白い腕（'Arms that are
braceleted and white and bare'）」（63）――への求愛のようで、
彼はこれから彼女のもとに向かうのである。「窓ガラスに背中
をこすりつける黄色い霧（'The yellow fog that rubs its back
upon windowpane'）」（15）が立ちこめる中、社交界の教養ある
女たちの部屋へ足を運ぶのだ。「部屋の中では、女たちが行っ
たり来たり、／ミケランジェロの話をしている（'In the room
the women come and go/ Talking of Michelangelo'）」（13-14, 35-
36）。

　「じっさい、まだ時間はあるさ（'And indeed there will be
time'）」（23）、プルーフロックは呟く。

There will be time, there will be time

To prepare a face to meet the faces that you meet;

There will be time to murder and create,

（4）　George Williamson, *A Reader's Guide to T. S. Eliot* (New York: The
　　Moonday Press, 1953), p.66, p.63.

（5）　Lee Oser, 'Prufrock's Guilty Pleasures' in Harold Bloom (ed.) *Bloom's
　　Modern Critical Views: T. S. Eliot–New Edition* (New York: Infobase
　　Publishing, 2011), p.86.

And time for all the works and days of hands
That lift and drop a question on your plate;
Time for you and time for me,
And time yet for a hundred indecisions,
And for a hundred visions and revisions,
Before the taking of a toast and tea. (26-34)

時間はあるだろう、時間はあるさ、
これから出会う顔に会わせる顔を用意する時間も、
殺戮と創造の時間も。
それから、日々の手仕事のための時間、
皿の上で問題をつまみ上げ、また下に置く時間。
きみのための時間、ぼくのための時間、
これから先の百もの不決断の時間、
そして、百もの想定と修正の時間も、
トーストを食べてお茶を飲むまえに。

そして彼は決断の意を表明する。

Do I dare
Disturb the universe? (45-46)

やってみるか、ひとつ、
大宇宙を揺るがすようなことを?

「大宇宙を揺るがすようなこと」、大袈裟とは言えまい。異性
への求愛は、命がけの跳躍である。しかし決断は1分間でひっ
くりかえるかも知れず、彼はこう吐露する。

I have measured out my life with coffee spoons（51）

自分の人生なんか、コーヒー・スプーンで量ってあるんだ

　結局、彼は逡巡する。迷う。「今さら、踏ん切るなんて！
（‘So how should I presume?’）」（54）、「どうして始められよう
（‘Then how should I begin’）」（59）、「いっそぼくなんか蟹のは
さみにでもなって／静まりかえった海の底をかさこそ這えばよ
かったんだ（‘I should have been a pair of ragged claws/
Scuttling across the floors of silent seas’）」（73-74）、「やっぱり、
お茶とケーキとアイスクリームがすんだら／思いきって決定的
瞬間をつくり出さなくちゃいけないだろうか？（‘Should I, after
tea and cakes and ices,/ Have the strength to force the moment
to its crisis?’）」（79-80）。
　自意識の発達したプルーフロックは、ためらう自身を評して
「おっと、ぼくはハムレット王子なんかじゃない、そんな柄じ
ゃあない。／むしろ近習（‘No! I am not Prince Hamlet, nor was
meant to be;/ Am an attendant lord’）」（110-1）と言う。「ぼくは、
もう齢だ（‘I grow old’）」（119）と愚痴る彼は、人魚の歌を聞
いたことはあるが、「人魚たちがぼくに向かって歌うなんて考
えられない（‘I do not think that they will sing to me’）」（124）
と嘆く。『イメージ・シンボル事典』で「人魚（mermaid）」の
項を引けば、「アフロディテ神話は原型的な人魚（海―母―生
殖）伝説の名残りであろう」[6]とある。そしてアフロディテは、
ギリシア神話の美・恋愛・豊穣の女神である。プルーフロック
は、恋愛の成就を諦めているように見える。

------

(6)　アト・ド・フリース、『イメージ・シンボル事典』、山下主一郎他訳、
　　大修館書店、1984年、426頁。

「きみとぼく」で始まった詩は、「ぼくたち」を主語にして次のように終わる。

We have lingered in the chambers of the sea

By sea-girls wreathed with seaweed red and brown

Till human voices wake us, we drown.（128-130）

ぼくたちは海の部屋でどうやら長居をしてしまったようだ、

赤や褐色の海藻で身を飾った人魚たちのそばで

つまるところ、ぼくたちは、人声に目覚め、溺れることになるのだ。

　以上、「J・アルフレッド・プルーフロックの恋歌」は、確かに「女たちのいる社交の部屋から疎外された中年男の欲求不満、孤独、憂鬱の詩」[7]と解釈できる。しかしこの詩を、詩集『プルーフロックとその他の観察』が出版された時代、すなわち第一次大戦からその後を生きる人間が示すある身振りを喩えた、アレゴリー（寓意詩）として読み直せないだろうか。題名の中に「観察」という語が用いられているのが、示唆的である。

2

　T・S・エリオットと同時代のドイツに、かの有名な哲学者マルティン・ハイデガー（Martin Heidegger, 1889-1976）がいる。彼はエリオットのひとつ年下である。彼の名を世に知らしめたのは『存在と時間』（*Sein und Zeit*）だが、1927 年に上梓される。この著書の中でハイデガーは、存在一般の意味を究明する手始

---

(7)　『荒地』、140 頁。

めとして、現存在の分析を中心に据える。「あること」一般を
考える前に、まず「そこにある」人間（Dasein、英語で言えば
being there）を考察するわけだ。（『存在と時間』におけるハイ
デガーの現存在論を以下に辿っていくが、クリスティアン・グ
ラーフ・フォン・クロコウによる批判的解説[8]を大いに参考
にしている。）

　現存在には本来的な様相と、非本来的な様相がある。

　　日常的現存在の自己は、〈ひと＝自己〉［ひとである自己・自
　　分］であって、わたしたちはこれを、本来的の、つまり［そ
　　のために］特にわざわざ捉えられた自己から区別する。[9]

　日常的な現存在とは「ひと（Das Man）」であって、非本来
的な様相にあり、疎遠性・平均性・平坦化として特徴づけられ
る。

　　疎遠性、平均性、平坦化は、〈ひと〉のさまざまの在り方と
　　して、わたしたちが知っているところの「公共性」というも
　　のを構成する。[10]

---

(8)　クリスティアン・グラーフ・フォン・クロコウ、『決断：ユンガー、
　　　シュミット、ハイデガー』、高田珠樹訳、柏書房、1999年、90-109頁。
　　　以降この著書に言及する際には『決断』と略す。
(9)　ハイデガー、『存在と時間（上）』、桑木務訳、岩波文庫、1960年、
　　　247頁。なお、本論考の文体と統一性をもたせるため、桑木氏による
　　　訳文の「です・ます調」を「である調」に変えさせていただいた。以
　　　降の『存在と時間』からの引用についても、同様である。
(10)　同書、243頁。一部、語を改変した。以降も『存在と時間』からの
　　　引用の際に、本論考が用いる表現との整合性を考えて必要な場合は、
　　　意味内容を損なわない範囲で語（句）を変えさせていただく。

この「公共性」なるものの前景化には、交通機関の発達にともなう世界標準時の設定・普及や、新聞というメディアの巨大化が関連していると思われる。[11]「ひと」は非本来的な平均的日常性に埋没し、「空談」すなわち無意味なおしゃべりに我を忘れている。

　ひとは語られている当の存在するものを、それほど了解しているのではなくて、すでにただ語られたことそれ自体を、聞いているだけである。語られたことは了解されるが、内容事柄はただ大まかな上っ面だけだ。ひとは言われたことを、共通に同じ平均性で了解するので、同じことを思い考えるのである。[12]

---

(11)　世界標準時が設定されたのは 19 世紀末だが、フランスがパリ時間を主張するなどの抵抗があり、軌道に乗るのは 1910 年代だった。世界時を求め、設定したのは鉄道会社である。(スティーヴン・カーン、『時間の文化史』、浅野敏夫訳、法政大学出版局、1993 年、14-20 頁参照。) 大陸を横断する鉄道を効果的に運行させるためには、たしかに世界標準時の実用性は大きかった。しかし、これが各地のローカルな時間を駆逐し、「公共的時間」を浸透させることになる。ハイデガーは「ひと」を論じるとき、「公共的な交通機関の利用や報道関係 (新聞) の活用」に言及する。(『存在と時間 (上)』、242 頁。) また彼は、時刻表やカレンダーによって現存在を規整する時間を、「時計の時間」と形容する。「時計の時間」は、日常性が世界の動きを「今」において思い通りにしたいがためにある。「今は、そのあとは、そのあとは…」と、ひたすら続く「今」をつかまえようとするうちに、生は、自分が本来的にみずからそれで「ある」時間に対する感覚を失っていく。「時計の時間」は、公共性の〈ひと ─ 時間〉なのである。(マルティン・ハイデッガー他、『ハイデッガー カッセル講演』、後藤嘉也訳、平凡社ライブラリー、2006 年、102-5 頁。) そして極論すれば、「公共性」は人間の故郷 (「わが家」) を喪失させ、根無し草にするのだろう。

(12)　ハイデガー、『存在と時間 (中)』、桑木務訳、岩波文庫、1961 年、85 頁。

　第一次世界大戦がこのような「ひと」を生み出したのだと、
桜井哲夫は言う。

　　科学技術の途方もない発展が［年長の世代が下の世代に語っ
　　てきかせる］「経験」を根こそぎ無効にして、その代わりに
　　あらゆる形の神秘主義（ヨガ、占星術等）があらわれ、様々
　　な新しい思想が生まれたが、すぐにはげ落ちるメッキにすぎ
　　ない。だが、経験の貧困という時代現象から、人々が経験を
　　求めているのだと勘違いしてはいけない。人々は、新しい経
　　験を求めているのではない。むしろ、もろもろの経験から放
　　免されたいのだ。自分たちの経験の貧困がそのまま認められ
　　ることを望んでいるのだ。「経験」の崩壊は、世代間の断絶
　　を生み、人と人の間の関係を変化させ、「経験」や「文化的
　　遺産」から切り離された無機質な文化を生み出し始める。第
　　一次世界大戦は、国民総動員の名のもとに、どこを切り取っ
　　ても等質で、固有の経験や文化を喪失した「国民」、すなわ
　　ち、オルテガ゠イ゠ガセットの言う「大衆」、ハイデガーの
　　言う「ダス・マン（世の人）」を生み出したのだ。（［　］は筆
　　者）[13]

　第一次大戦では、空爆、毒ガス、戦車といった大量殺戮手
段・兵器が初めて使用された。この戦争でヨーロッパの古き良
き時代、いわゆる「ベル・エポック」は終焉を迎える。日常生
活では、市街電車や自動車が馬車にとって代わり、無線が効力
を発揮し・世界標準時が普及する。今ではおなじみの「現代の
風景」が現出するのだ。
　ここで「プルーフロックの恋歌」に話を戻そう。この詩は

---

(13)　桜井哲夫、『戦争の世紀』、平凡社新書、1999 年、246 頁。

1911 年、エリオットがパリとミュンヘンに滞在中に大方が書かれたらしい。[14] 文芸誌『詩』（*Poetry*）に発表されたのは 1915 年、そして詩集に収められ出版されるのが 1917 年。ヨーロッパが第一次大戦（1914-18）に突入していった時代だ。（T. S. エリオットはセントルイス生まれの米国人だったが、ヨーロッパと米国を往復し、1927 年には英国に帰化して英国国教会に入信する。）

　そしてプルーフロックが向かう部屋は、いかなる場所だったか。

In the room the women come and go
Talking of Michelangelo. （13-14, 35-36）

　部屋の中では、女たちが行ったり来たり、
　ミケランジェロの話をしている。

　社交界の教養あるご婦人たちが、ミケランジェロを話題に、スノビズムに満ちた上っ面だけのおしゃべり、「空談」に耽っている。「お茶とケーキとアイスクリーム（"tea and cakes and ices"）」（79）、あるいは「紅茶茶碗とマーマレードとお茶（"the cups, the marmalade, the tea"）」（88）を楽しみながら。彼女たちも「ひと」なのである。

　再び、ハイデガーの現存在分析。「ひと」に頽落した現存在は、いかにして本来的様相に至るのか。「不安」という気分・「不気味」な感じを介して、である。

　不安は、現存在を、「世界」におけるかれの頽落的な没入［入

（14）　*The Wasteland and Other Poems*, p.81.

り浸り］から連れもどす。日常的な親密さは、崩れ落ちる。
現存在は単独化され、しかも世界・内・存在としてそうなの
である。内・存在は「わが家で＝ないこと」［くつろげない、
居心地が悪いこと］という実存論的な「様相」の形をとって
現われる。「不気味さ」という言い方も、これにほかならな
い。（［　］は筆者）[15]

不安のうちには、優れた開示の働きの可能性がひそんでい
る。この単独化は、現存在をその頽落から連れもどし、かれ
に本来性と非本来性とを、かれの存在の［両］可能性として
明らさまにする。[16]

不安は、とりわけ死に対する不安として現われる。死は世界
の一切のしがらみを引き裂き、それに直面するとき、「ひと」
への頽落・没入はすべて崩壊せざるをえないからだ。そして現
存在は、本来性に立ち至るために、自らの死へ「先駆」しなけ
ればならない。

死は、最も自己的な、他と無関係な、追い越し得ない可能性
として露われる。このような可能性として、死は、ひとつの
優れた切迫なのである。[17]

［死への］先駆は現存在に、もっぱら自分の最も自己的な存
在に関わっている存在可能を、ひとり自分自身から引受けね
ばならないように、了解させる。死は（...）現存在を単独者
として要求する。先駆において了解された死の〈他との無関

---

(15) 『存在と時間（中）』、121頁。
(16) 同書、125頁。
(17) 同書、233頁。

係さ〉は、現存在を自分自身に単独化する。（〔　〕および中略は筆者）[18]

　死という「追い越し得ない」可能性に「先駆」すること、それはあまりに俗な言い方をすれば、明日死ぬやも知れぬ我が身を意識することであろうか。そして死は「ひとり自分自身から引受けねばならない」ものだ。本来的な現存在とは、「死への存在」なのである（「死への存在において、現存在は、ひとつの優れた存在可能としての自分自身に対して態度をとっている」[19]）。

　現存在は存在しながらも世界に投げられているのであり、自分みずからによってその〈現〉にもたらされているのでは「ない」。（これは経験的に理解できるだろう。）その意味での自己の「非的」な投企な働きの「非的」な根拠に立って、現存在は「負い目あるもの」になってしまっている。[20]そして現存在は、「最も自己的な可能性としての死」への存在である。

　　最も自己的な〈負い目あること〉への、沈黙しつつ不安への
　　心構えを整えた自己投企を―わたしたちは覚悟性と呼ぶ。[21]

　現存在は「（内世界的に出会う、存在するものの）もとに＝在」り、「（ひとつの世界）のなかに＝自分に＝先立って＝すでに在る」[22]。すでに世界に投げ込まれている「負い目ある」自己を

――――――――――――――――

(18)　同書、255 頁。
(19)　同書、236 頁。
(20)　同書、293-4 頁、302 頁。
(21)　同書、316 頁。
(22)　ハイデガー、『存在と時間（下）』、桑木務訳、岩波文庫、1963 年、
　　　53 頁。

引き受ける覚悟を決め、「空談」に没入した「ひと」から、死
への存在という、現存在の本来的な様相に立ち至ること。『存
在と時間』はそう説くように思われる。(23)

　再び、「プルーフロックの恋歌」。プルーフロックは頭の天辺
が禿げかかっている（'With a bald spot in the middle of my
hair'（40））。女たちはそのことに言及するだろうし、手足の細
さも指摘するだろう（'How his hair is growing thin!'（41）、'But
how his arms and legs are thin!'（44））。彼女たちは「おき
まりの言葉でこちらを決めつける（'fix you in a formulated
phrase'）」（56）。プルーフロックは「決めつけられ、ピンで磔
にされ（'formulated, sprawling on a pin'）」（57）、「壁でもがいて
いる（'wriggling on the wall'）」（58）。俗な次元ではあるが、髪
の薄さも手足の細さも、「自分みずからによってもたらされて
いるのではない」。にもかかわらず、いや、それゆえに「負い
目」としてプルーフロックにのしかかる。彼はこれを引き受け、
彼は女たちの「決めつけ」を打ち破り、意中の人に求愛する「覚
悟」をする。

Do I dare

Disturb the universe?（45-46）

---

(23)　ハイデガー自身は、本来的様相と非本来的様相に優劣をつけていな
　　　い。「現存在の非本来性は、『より少ない』存在とか、『より低い』存
　　　在の程度とかという意味ではない」（『存在と時間（上）』、86 頁）。し
　　　かし、「本来的」・「非本来的」という表現には価値判断がすでに潜在
　　　しており、誤読される契機を含んでいる。事実、サルトルは第二次大
　　　戦後、『存在と時間』の誤読により「本来的様相」を旨とする「実存
　　　主義」を立ち上げた。この書が発表された時代においても、誤読され
　　　たが故に、評判になり広く読まれたのではないだろうか。筆者もここ
　　　で敢えて「誤読」を採用して、論を進めたい。

やってみるか、ひとつ、
　　大宇宙を揺るがすようなことを？

　先にも述べたが、異性への求愛は、命がけの跳躍である。
「死」を賭している。（失恋すれば、平均的な日常性は崩れ落ち、
紅茶茶碗やコーヒー・スプーンのもつ道具的意味合い——〈手も
とのもの〉や〈目のまえのもの〉の適所全体性[24]——は失われ、
悲嘆に暮れる者に死の影がさす。）その意味において、「大宇宙
を揺るがす（'disturb the universe'）」という表現は、大袈裟と
は言えない。しかし、さらなる含蓄をこの詩句から汲みとれな
いだろうか。空談に耽る女たち（「内世界的に出会う、存在す
るもの」）とともに「ひと」に頽落している非本来的様相から、
死に「先駆」する本来的様相を現出させること、それも「大宇
宙を揺るがす」のではないだろうか。「死への存在」としての
構えは、現存在が在る、「平坦化」され、「どこを切り取っても
等質」な世界の眺めを一変させるだろう。1910 年代、公共の
交通機関が発達し、電話・電信網は広がり、新聞・雑誌・映画
などのメディアがマス化していく。生活は便利になるが平均化
し、マス・メディアが語ることをそれほど了解しなくても、上
っ面だけの内容事柄をなぞり反復していれば、毎日が過ぎてい
く。（先の世代の経験知は必要ない。）プルーフロックが求愛を
決断する身振りは、平均化した日常世界に一撃を与えようと覚
悟する行為の隠喩あるいは寓意として読めるだろう。「決定的
瞬間をつくり出し（'force the moment to its crisis'）」（80）、「今
（'the moment'）」というときを、本来性か非本来性かの「岐路
（'crisis'）」に立たせるのだ。
　だが先に見たように、結局プルーフロックは告白しない。た

----

(24)　『存在と時間（中）』、117 頁。

めらうばかりである。プルーフロックの示す身振りと『存在と
時間』で分析される現存在の様相が見せ始めた共鳴は、ここで
途切れるように思われるかもしれない。プルーフロックは逡巡
するが、ハイデガーは覚悟性を説く。

　しかし、「共鳴」はまだ続くのである。クロコウに依るのだ
が、ハイデガーは限定的な「現実」に対し「可能性」を優位に
置く。[25]先の『存在と時間』からの引用を見ても、不安・死・
本来性を語るとき、たしかに「可能（性）」という語が繰り返
し使われている。現存在は歴史のなかに立つから「時間的」な
のではなく、逆にその根本において時間的である（「自分に＝
先立って＝すでに在る」、そして死に「先駆」する）からこそ、
現存在は歴史的に実存しうるのだ、とハイデガーは言う。[26]
加えて、歴史は可能なものの回帰、と主張する。

　　本来的な歴史性は、歴史を可能なものの「回帰」と解し、そ
　　れゆえ、覚悟を決めた反復において、可能性に対し運命的＝
　　瞬間的に実存が開かれているときに、可能性がただ回帰する
　　ことを承知している。[27]

　可能性が第一。歴史も可能性へ回収される。現存在にとって
は、無制限の可能性が開いたままで、それを保持していること
が肝要なのである。そしてプルーフロックはコーヒー・スプー
ンで人生を量る。

　I have measured out my life with coffee spoons;（51）

---

(25)　『決断』、102 頁。
(26)　『存在と時間（下）』、139 頁。
(27)　同書、164 頁。

「自分の人生なんか、コーヒー・スプーンで量ってあるんだ」という岩崎氏の訳が示すように、投げやりな、人生に対する諦観とまずは読むべきなのだろう。しかし、「ぼくはコーヒー・スプーンで人生を量ってしまった」と、皮肉を含んだ達観にも解釈できるのではないか。'visions and revisions'（33）、本来的であれ、非本来的であれ、複数の可能性を前にして、コーヒー・スプーンを持ちながらプルーフロックは、食卓に座っている。

「保持」といえば、「J・アルフレッド・プルーフロックの恋歌」には、ダンテの『神曲』「地獄篇」から採ったエピグラフが付いている。揺らぐ火炎につつまれたグイド・ダ・モンテフェルトロの告白なのだが、これは訳のみ引用してみよう。

　もし私の返事が現世へ戻るような人の耳に
　かりそめにもはいるなら、
　この炎はたちまちにゆすらぎを止めるだろう。
　だがこの底からはかつて誰一人
　生きて帰った人はないという。それが事実なら、
　汚名を残す心配もない。君の質問に答えよう。

聞く者が現世に戻ることはないという前提で、モンテフェルトロは「質問に答えよう」と言う。したがって、エピグラフの後に続くプルーフロックの独白も、「現世」の読者に向けられていないことになる。そういう設定のもと、彼の内なるものが吐露される。しかし内なるものは、本来ならば発せられず、世に知られることを前提としておらず、沈黙しつつプルーフロックの内にしっかりと「保持」されている。それでいて、読者に対して開かれている。詩の構造上そうなるわけだが、一種の詐術めいた、文学的仕掛けである。

クロコウはハイデガーを、同時代の作家・思想家エルンスト・

ユンガー（Ernst Junger, 1895-1998）や法学者・政治学者カール・
シュミット（Carl Schmitt, 1988-1985）と同列に並べる。「闘争」
を唱えるユンガーにとっては「何のために闘うかではなく、い
かに闘うか」が中心命題であり、シュミットにおいても「決断」
という剝き出しの事実が、特定の内実を伴った「何のために」
や「何に対して」に優先する。そしてハイデガーの「覚悟性」
に関して言えば、歴史的な可能性の選択（あるいは「選択する
ことを選択すること」）は、何ものとも関わりをもつことのな
い内容空疎な可能性を渡り歩くことでしかない、と。この三者
の思想を「決断主義」と括って、クロコウは実に手厳しく批判
する。(28)

　『存在と時間』が説く覚悟性とは、「覚悟」を覚悟すること、
「決断」を決断することと言えるかもしれない。具体的行動は
語られないのである。「プルーフロックの恋歌」も、恋の喜び
や悲しみをつぶさに歌うのではなく、得恋あるいは失恋以前の
ためらいを独白するのみだ。ともあれ、プルーフロックの「た
めらい・逡巡」とハイデガー的「覚悟性・決断性」（英語で言
えば 'resoluteness'(29)）は対立するのではなく、むしろ近接
していると言えるだろう。

　クロコウはまた、「決断主義」をロマン主義と結びつける。
ロマン主義も「基本的に何ひとつ実現せず、一切は断片、暗示、
『可能性』の予感にとどま」り、「無限定の生に対していかなる
定義も斥け」るからだ。(30)話は逸れるが、ここで筆者は、ニー

---

(28)　『決断』、115 頁。
(29)　「覚悟性」は 'Entschlossenheit'（「開かれてあること」が原義）の
　　　和訳だが、ウィリアム・ラージは 'resoluteness' と英訳している。
　　　See William Large, *Heidegger's* Being and Time（Edinburgh: Edinburgh
　　　University Press, 2008), pp.121-2.
(30)　『決断』、112 頁、113 頁。

チェ（Friedrich Wilhelm Nietzsche, 1844-1900）の『ツァラト
ゥストラはかく語りき』（*Also sprach Zarathustra*, 1883-85）を
連想する。この書の冒頭で、「駱駝」→「獅子」→「小児」と
いう、精神の「三様の変化」が語られる。簡単に言えば、「駱駝」
は義務と禁欲、「獅子」は批判、戦闘を表す。そして最後に良
しとされる「小児」が象徴するのは、無垢、新しい開始、（今
日医学で注目される幹細胞がもつような）あらゆる可能性であ
る。ニーチェからハイデガーへという、ロマン主義の系譜があ
るのかもしれない。

3

　無限の可能性を開いたままで、行動が不在である「決断主義」
あるいは「ロマン主義」が良しとされないならば、逆に行動し
た場合はどうなるのか。ここで著者の次元に移ってみよう。ロ
マン主義者は「限られた具体的な現実よりも、永遠の生成とけ
っして完成することのない可能性という状態を好」む、と批判
される。[31]では、本論考で扱う詩と哲学書の著者たる、エリ
オットとハイデガーが実人生で選んだ「限られた具体的な現実」
とは、いかなるものだったか。

　エリオットは、先に述べたように 1927 年英国に帰化し、英
国国教会に入信した。そして第二次大戦後、そのいくつかの詩
や評論が反ユダヤ主義とみなされ、告発される。[32]私生活で

---

(31)　同書、112 頁。

(32)　エリオットの「反ユダヤ主義」を、彼の生前クリストファー・ロー
　　グが、そして死後ジョージ・スタイナーやアントニー・ジュリアスら
　　が告発したことに関しては、ユダヤ系学者による過剰反応という側面
　　があったようだ。クレイグ・レイン、『T. S. エリオット：イメージ、
　　テキスト、コンテキスト』、山形和美訳、彩流社、2008 年、219-260
　　頁参照。

は、1915 年（「J・アルフレッド・プルーフロックの恋歌」を『詩』
に発表した年）にヴィヴィエン・ハイ＝ウッドと結婚する。し
かし彼女は精神的に不安定で、代表作のひとつ『荒地』（*The
Waste Land*, 1922）を執筆していた頃になると、結婚生活は実
質破局を迎えていたらしい。（ヴィヴィエンは 1947 年に死去す
る。）一方ハイデガーは、1933 年にナチス政権が成立した直後、
フライブルク大学総長に就任し、同時にナチスに入党する。し
ばらくはナチスに積極的に加担するような講演を行い論説を書
き、「闘う総長」と呼ばれた。彼が加担したのは、ユンガーや
シュミットと同様、エルンスト・レーム率いる突撃隊路線のイ
デオロギーである。ところが政権獲得後、「革命の終了」を宣
言したヒトラーにとって、「第二革命」を説く突撃隊が邪魔な
存在になる。翌 34 年には、幕僚長レーム以下突撃隊幹部が親
衛隊に惨殺され、ハイデガーも総長職から退いた。政治の表舞
台から隠退し、講義に精力を集中する彼だったが、第二次大戦
後に公職を追放され、大学を追われることになる。（1951 年、
ハンナ・アーレントとヤスパースの尽力によって、追放は解除
される。）[33] エリオットにもハイデガーにも、「具体的な現実」
は汚辱をともない、苦いものだったろう。

　エリオットは『プルーフロックとその他の観察』を、ハイデ
ガーは『存在と時間』を著して以降、「第三者の審級」を志向
していくように思われる。「第三者の審級」とは何か。社会学
者の大澤真幸がよく使う用語なのだが、たとえば第二次大戦に
おける日本の敗戦を柳田國男や折口信夫の仕事に言及しつつ論
じながら、彼は次のように言う。

　　折口や柳田の構想が暗に示しているのは次のことだ。「敗戦」

---

(33)　木田元、『反哲学入門』、新潮文庫、2010 年、276-9 頁参照。

とは、われわれの「現在」がそれに対して有意味であり、そ
れによって正統化されるような超越的なまなざしを喪失する
ことであった、と。(...) そのような超越的なまなざしは、
典型的には、理念化された「共同体の死者」によって担われ
る。このような超越的なまなざしの担い手を、私は、「第三
者の審級」と呼んでいる。(中略は筆者)(34)

　「第三者の審級」とは、われわれの現在に意味を与え、正統
化する「超越的なまなざし」である。「共同体の死者」がそれ
を担うと大澤は言うが、くだいて表現すれば「お上」、突きつ
めれば「神」であろう。ヨーロッパに眼を移せば、第一次大戦
後は、神の超越的なまなざし、「第三者の審級」を喪失した時
代であった。アルベール・カミュ（Albert Camus, 1913-1960）
の『異邦人』（*L'Etranger*, 1942）について語りながら、内田樹
は以下のようにその時代を説明する。

　「それはどうでもいいことだ」［『異邦人』の主人公ムルソー
が反復する科白］というのは、個々の事象について、そのつ
ど価値付けを可能にしてくれるような汎通的な準拠枠組み、
「大きな物語」が失われたという事態を、主体の側から表明
した言葉である。大戦間期、カミュのみならず多くの同時代
の思想家たちが、それぞれ固有の仕方で類似した経験を語ろ
うとした。ハイデガーの「世界の適所全体性」の崩壊も、サ
ルトルの「嘔吐」も、バタイユの「内的経験」も、レヴィナ
スの「ある」（il y a）も、言葉は違っても、いずれも世界の
秩序を支える「聖なる天蓋」が崩落し、正邪理非の判断を託
すべきものを見失った大戦間期の知識人の不安を写し取って

---

(34)　大澤真幸、『不可能性の時代』、岩波新書、2008 年、21 頁。

いる。（[　] は筆者）[35]

　世界の秩序を支える「聖なる天蓋」、正邪理非の判断を託す
「汎通的な準拠枠組み」を、「第三者の審級」と言い換えて差し
支えないだろう。「第三者の審級」は突きつめれば「神」だが、
エリオットはまさに英国国教会という、神の「聖なる天蓋」が
覆う世界に避難する。エリオットは、マサチューセッツ・ベイ・
コロニーに定住した清教徒の末裔で、祖父はユニテリアン派の
牧師であった。ユニテリアン派は清教徒ほど厳しい神観をもた
ず、人間が生まれもつ善や高貴さを信じ、人間の理性と良心に
比重をおく。そのようなユニテリアニズムの精神的風土に育っ
た彼は、1906 年、ハーヴァード大学に進学した。1911 年には
哲学専攻の大学院生となり、1913 年、英国の観念論哲学者ブ
ラッドレー（F. H. Bradley, 1846-1924）の著作に出会い、傾倒。
キリスト教から離れる。しかし、最終的には「神の庇護」を選
択するわけである。一方ハイデガーは、カトリック圏である南
ドイツ・シュワーベン地方の、メスキルヒという小さな町に生
まれ、父は教会の堂守であった。一時はイエズス会の修練士に
なろうとするが果たせず、彼はフライブルク大学神学部に入学
する。しかし、一年後には哲学部に転部。1915 年、大学教員
資格論文を書き、私講師として講義をはじめ、翌 16 年にはち
ようど赴任してきたフッサール（Edmund Husserl, 1859-1938）
に師事して、現象学を学んでいく。ハイデガーは自らを「乏し
き時代の思索者」と称する。「乏しき時代」とは「神なき時代」
のことだ。彼は現象学的還元によって神を括弧に入れたと、あ
るいは言えるかもしれない。しかし『存在と時間』以降、彼の
言う「存在」が、神に似た様相を帯びはじめるように思われる。

（35）　内田樹、『ためらいの倫理学』、角川文庫、2003 年、306 頁。

微妙ではあるのだが。

　人間とは、むしろ、存在そのものによって、存在の真理のな
かへと「投げ出され」ているのである。しかも、そのように
「投げ出され」ているのは、人間が、そのようにして、存在
へと身を開き―そこへと出で立ちながら、存在の真理を、損
なわれないように守るためになのであり、こうしてその結
果、存在の光のなかで、存在者が、それがそれである存在者
として、現出してくるようになるために、なのである。その
存在者が、果たしてまたどのように現出してくるのか、神と
いうものや神々、歴史や自然が、果たしてまたどのように**存
在の開けた明るみ**のなかへと、入ってき、現存したり、現存
しなくなったりするのか、このことを決定するのは、人間で
はない。存在者の到来は、存在の運命にもとづくのである。
（太字は筆者）[36]

　まず「存在」があり、神さえもその「存在」のなかに入って
くる。ただし、それを決定するのは人間ではない。この引用の
すぐあとでハイデガーは、「人間は存在の牧人なのである」[37]
と雷うのであるが。「存在の光のなか」や「存在の開けた明るみ」
（「存在の晴れ間」と訳す人もいる[38]）という言辞に、天にあ
る神の属性を見るのは強引であろうか。今度は「存在」が神に
似た様相を帯びてくるように、筆者には見える。特に後者の言

(36)　マルティン・ハイデッガー、『「ヒューマニズム」について』、渡邊
　　　二郎訳、ちくま学芸文庫、1997 年、56-57 頁。原書は、1947 年に公表
　　　された『プラトンの真理論。「ヒューマニズム」についての一書簡を
　　　も併載』（*Platons Lehre von der Wahrheit, Mit einen Brief iiber den
　　　〈Humanismus〉*）の、後半部分である。
(37)　同書、57 頁。
(38)　高田珠樹氏は「存在の晴れ間」と訳している。（『決断』、164 頁。）

辞を「存在の晴れ間」ととれば、明らかに天上にあるものをイ
メージさせる。では「存在の開けた明るみ」ととった場合はど
うか。森の中、木立がふっと途切れて、陽の光が差し、明るい
空間を作っている。古代のドイツでは、そのような場所で王の
戴冠式なり葬儀なり、共同体の重要な儀式が執り行われた。こ
ちらのイメージを採用しても、「第三者の審級」が関わってき
そうな含みがある。「王」もまた「第三者の審級」に属するか
らだ。[39]

　エリオットやハイデガーの「限られた具体的な現実」や（ハ
イデガーの場合微妙だが）「第三者の審級」への志向を見るとき、
引き裂かれて「ある」こともいいのではないか、無制限の可能
性が開かれたまま、「ぐずぐず」するのもいいのではないか、
と筆者は考える。

　『異邦人』の主人公ムルソーは、アルジェの街に生きる。街
の男たちを律する戒律のひとつは、「暴力における平等性」で
ある。暴力的な抗争を解決するには、戦闘条件の「平等性」を
維持する他にない。司直（裁判官、「お奉行様」、「お上」）の介
入を求めるのは論外であり、「第三者」は「卑怯」なものとし
て排除される。[40]内田樹はまた、同じくカミュの「反抗的人
間」について、こう解説する。

　　反抗とは一方では (...) 決然と人を殺すことであり、他方で
　　は、それと同時に、殺人を正当化することの不可能性にとら
　　えられることである。殺したいが殺せない、あるいは、殺し

---

(39)　「存在の明るみ（‘Lichtung de Sein’）」という表現が、ドイツの深い
　　　森の中にふっとある、間伐され光の差し込む空き地をイメージさせる
　　　ということに関しては、筆者の同僚で優れたハイデガー研究者であ
　　　る、佐々木亮先生にご教示いただいた。
(40)　『ためらいの倫理学』、308-9 頁。

たくないが殺せる。この背反を生きるのが反抗的人間である。（中略は筆者）[41]

「第三者の審級」による意味づけ・正邪理非の判断が不在な中で、「殺したいが殺せない、あるいは殺したくないが殺せる」という背反を生きる、それは引き裂かれて生きることである。この「反抗的人間」に比べ、プルーフロックは行動もしないし、格好よくもない。情けない中年男である。「殺戮と創造の時間もあるさ（'There will be time to murder and create'）」(28) と囁きはするが、もちろん、暴力はふるわず、殺人も犯さない。しかし、彼もまた「きみとぼく」に引き裂かれている。

　プルーフロックが女たちの部屋に向かうとき、夕暮れが空に広がる。その空は「手術台の上の麻酔患者のよう（'Like a patient etherised upon a table'）」(3) だ。そして黄色い霧（'the yellow fog'）は「窓ガラスに背中をこすりつける（'rubs its back upon the window-panes'）」(15)。この黄色い霧はさらに、窓ガラスに「鼻づらをこすりつけく 'rubs its muzzle'）」(16)、夕暮れの隅に「舌を差し入れ（'Licked its tongue'）」(17)、「ぴょんと一跳びして（'made a sudden leap'）」(20)、「背を丸めて（'Curled'）」(22)、「眠りこんだ（'fell asleep'）」(22)。明らかに「猫」のイメージである。ウィリアムスンが指摘するように、「霧」は「麻酔患者」と同様、不活性さ（'inactivity'—「行動しないこと」）を表すのだろう。[42]不活性さはまた「ぐずぐず」（'linger'）と隣接する。猫のような霧は、排水溝の水たまりにぐずぐずする—'lingered upon the pools that stand in drains' (18)。詩の最後、プルーフロックの分裂した「きみとぼく（'you

---

(41)　同書、339 頁。
(42)　*A Reader's Guide to T. S. Eliot*, pp.59-60.

and I')」は「ぼくたち（'we'）」となり、「ずっとぐずぐずして
きた（'have lifigered'）」と読者に告げる。

We have lingered in the chambers of the sea　(128)

　「ぼくたちは海の部屋でどうやら長居をしてしまったようだ」
と岩崎氏は訳すが、「ぼくたちは海の部屋でぐずぐずしている」
という直訳調も可能である。「手術台」（'a table'）の上の患者は、
麻酔をかけられ不活性さに沈む。「食卓」（'a tabLe'）に座るプ
ルーフロックは、コーヒー・スプーンを手に人生を量る。そし
て複数の可能性を前に、ぐずぐずする。
　架空の人物、プルーフロックはぐずぐずする。ぐずぐずする
身振りもいいのではないか。時代の大きな転換期のなかで、
「死への存在」を覚悟しつつ、可能性を開いたまま「ある」のも、
意義があるのではないか。第一次大戦が「世界大戦」になって
しまった原因のひとつは、通信も含めた交通の「速度」である。
19 世紀末からの電信・電話の普及や鉄道網の拡大は、人々の
距離感や時間感覚を変化させた。端的に言えば、人々は「せっ
かち」になったのだ。外交交渉のあり方も変わる。たとえば、
ロシアがオーストリア国境近くの軍に動員令を出したことに対
し、ドイツは「12 時間以内の動員令解除か、さもなくば宣戦
布告か」という最後通牒を突きつける。[43] そういったことが現
実に起こる。馬車の時代にはありえなかったことだ。宣戦の理
非を再考する時間を惜しみ、われもわれもと、各国が参戦して
いった。
　「せっかちさ」は増大し続け、現在にまで至っている。ポー
ル・ヴィリリオは人類史における速度の上昇、とりわけ電子情

---

(43)　『戦争の世紀』、26 頁。

報ネットワークにおける絶対速度の発生を「リアルタイムの横暴」と批判する。絶対速度は、人間に反射を要求し、反省という時間のかかる作業を行う能力を削減してしまう。いずれ核戦争と経済恐慌という予測不可能で、世界規模で一瞬に起きうる偶発性＝事故（'accident'）を招くと、ヴィリリオは警鐘を鳴らす。[44] また、「教育再生」や「安楽死」といった今日の問題に関して、鷲田清一はこう述べる。

　わたしたちは「解決」を急ぎすぎているようにおもう。急がないと危ういことも事実ではあるにしても、議論としては急ぎすぎているようにおもう。ことは重いにしても、その錯綜した問題への処し方に心底、納得できるまで、つらつら迷う権利、最終決定できないままぐずぐずと悩むことを保障されるような権利というものこそが、いまは必要なのではないか。[45]

　「急ぎすぎないこと」、それは今のみならず、「戦争の世紀」と言われた20世紀においても、重要な姿勢であったはずだ。

　せっかちさは事故や争いを生みかねない。「第三者の審級」を志向するのは、人間にとって避けられないことかもしれないが、メッキがすぐに剥げ落ちる神秘思想や、独裁者によるファシズムに絡めとられる危険性を含んでいる。ならば、可能性を開いたまま「ぐずぐずする」ことには意義が見出せるのであり、これを容易な批判に晒す前に、一考すべきではないだろうか。

（44）　松葉祥一、「戦争・速度・民主主義」、『現代思想』2002年1月号所収、青土社、217-8頁参照。
（45）　鷲田清一、『「ぐずぐず」の理由』、角川選書、2011年、30頁。

あとがき——モダニズムをめぐるエスキス (2)

　T. S. エリオットの「J・アルフレッド・プルーフロックの恋歌」
(1917) では、プルーフロックが街を歩くとき、夕方の空は「手
術台の上の麻酔患者のように」('Like a patient etherised upon a
table') 広がっている（第 8 章参照）。

　この詩は断片に満ち、ちぐはぐである——ハムレットやダンテ
に言及するかと思えば、世俗的な都市生活を口にし、韻律は一
定せず、プルーフロック以外の人物は、「顔」('faces')・「手」
('hands')・「腕」('arms')・「眼」('eyes') と、身体の一部で語
られる。[(1)] プルーフロックが実行を逡巡する、得恋に向けた命
懸けの跳躍は、断片群に秩序をもたらす試みの隠喩でもあるだ
ろう。

　しかし逡巡は続き、跳躍は行われず、断片たちにひとつの全
体が与えられることはない。「手術台の上の麻酔患者」が暗示
するのは、これからメスを入れられ、切り刻まれていく身体で
あろうか。（それとも、手術は成功し身体は全き回復を見るの
だろうか。）

　ハイデガー的な意味での「存在」・「ある」は、同じ存在者の
他のあり方の系列、ならびに周囲の存在者との関係のうちで了
解される、と轟孝夫は指摘する。

　例えば鳥が飛ぶことは、巣で休むこと、えさを採ることな

----

(1)　See Rachel Potter, *Modernist Literature* (Edinburgh: Edinburgh
University Press, 2012), p.16-17, p.21.

ど、鳥の他の様々なふるまい、さらにはそれらふるまいにおいて鳥が関係している巣やひな、木々、空などの存在者とネットワークを形成している。ただし、このネットワークは通常、背後に退いている。

鳥が飛んでいることは、まさに鳥が「いま」現前していることに他ならないが、その飛ぶことは、現前の背後に退いているネットワークに基づいている。このネットワークは、飛ぶこと以外の様々なふるまいの可能性を含む。ふるまいの諸可能性とは、鳥が「すでに」そうであったあり方であり、また「これから」そうであるあり方である。我々が鳥の存在を了解するとき、そこには必ず鳥の活動空間としてのネットワークの了解が含まれている。そしてそのネットワークは、「今」飛んでいる鳥の「過去」と「将来」を示すものとも言える。

存在の意味は、存在者が「今」現前することに尽きず、「過去」と「将来」も含む。「ある」ということは何らかのコンテクスト性をもち、「ある」の意味は、そのコンテクストを把握することにより初めて理解可能となる。ハイデガーは、このコンテクストを「時間」として捉え直した。[2]

「いま」は「断片」であり、「すでに」と「これから」を伴って、全き「ある」となる。

子供の頃不意に衝撃を受け、その激しさゆえに常に記憶に留まっている出来事を、ヴァージニア・ウルフは『存在の瞬間』（1976）の中で語る。

暮らしていたセント・アイヴズでの庭。「全体なのね」（'That is the whole'）と彼女は言う。葉をゆったりと広げた草を見ていた。花自体は土の一部であることが、突然彼女にはっきりす

---

(2)　轟孝夫、『ハイデガー「存在と時間」入門』、講談社現代新書、2017年、34-37頁参照。

る。ひとつの輪が「花であるもの」を囲う。これが本当の「花」、一部は土、一部は花。[3]

ウルフは『ダロウェイ夫人』(1925) には「1日」、『波』(1931)では「太陽の推移」という枠を与え、作品にある種の全体性をもたらそうとする。

「1910年12月頃、人間の性格が変わった」。ウルフによる、非常によく知られた評言である。[4] 1910年11月から12月、美術評論家にして画家のロジャー・フライが、ロンドンで「マネとポスト印象派」展を開いた。論争を引き起こすほどの成果で、ウルフにも大きな衝撃を与えた。

その展覧会には出品されなかったが、マティスは1910年、『踊り (II)』を描いている (図1)。5人の人物が裸体のまま円陣を組み、踊る。何かを祈願し、何かを引き寄せるように。その何かとは、失われた/来たるべき全体性かもしれない。呪術のように、5人は踊る。

アドルノはベンヤミンの風貌に「頬に食料を貯めるある種の動物」を認め、彼の思考において突出した役割を演じているのは、骨董家と収集家の要素だと言う。ベンヤミンにとって、古道具や骨董品や過去のガラクタを取り出して配列することは、ブレヒト演劇におけるモンタージュや、シュルレアリスムの表現方法と同じ効果を持っていた。収集家がコレクションをあれこれと配置するうち、「刻々の現在とともにいまにも消え去ろうしている過去の取り返しのきかない姿」が、閃光のように突

---

(3)　Virginia Woolf, *Moments of Being*, ed. Jeanne Schulkind (London: Grafton Books, 1989), p.80.

(4)　Virginia Woolf, 'Mr. Bennett and Mrs. Brown' in *The Captain's Death Bed and Other Essays* (New York: A Harvest/HBJ Book, [1950] 1978), p.96. 1924年5月18日、ケンブリッジ「異端の会」での講演。

（図1）　アンリ・マティス『踊り（Ⅱ）』

如として甦る。ベンヤミンにとって批評は、過去の破片を収集
し引用して、不思議な形（星座）に配列すること。そのとき、
破片が前史として保存してきた過去の画像は甦り、破片が後史
として待ち望んできた批評が現在に実現する。[5]

　批評において、過去の断片の群れが星座を作り、来るべき一
つのまとまった意味が、今もたらされるのである。まるで呪術
のように。

　（『燈台へ』の主人公リリー・ブリスコウは、無秩序を前にし
て「何でも起こりうる」'Anything might happen' と感じる。そ
して過去の些細な断片を想起し、つなげながら、一つの構図＝
絵を完成させる。ほんの束の間であるけれど。第5章参照。）

---

(5)　村上隆夫、『ベンヤミン』、清水書院、1990 年、162-3 頁、181-2 頁参
　　照。

　レヴィナスは、「全体性を志向する私」と「無限を志向する私」を区別する。

　前者は「自己」（Soi）と呼ばれ、この「自己」は「自己ならざるもの」を経験し、征服し、所有する。同化・吸収するのだ。「全体性志向」とは「理解を超えるもの」を命名し、「おのれの容量を超えるもの」を適当なサイズに切り縮め、脈絡なく散乱したものを一つの「物語」のうちに取りまとめる。それは人間が持つ知的能力である。（養老孟司が言う「意識」に繋がるだろう。）

　一方後者には、なすべき行動を教示してくれる上位審級（第三の審級、第8章参照）がない。共通のルール、客観的な判断の枠組み＝全体性がないのだ。後者の「私」は「予見不能性」（imprévisibilité）によって起動する。「自己ならざるもの」の同化・吸収をためらい、「私はこの人を認識することも知解することもできない」という無能の覚知に至るとき、「無限を志向する私」と「他者」が同時に現れる。[6]

　人間は両方の「私」を持ち合わせている。凡庸な見解だが、時に「全体性を志向する私」、時に「無限を志向する私」が、状況に応じて優勢になるのだろう。

　19世紀末から20世紀、最初の世界大戦を経て、欧州では「客観的な判断の枠組み＝全体性」が失われていった。「聖なる天蓋」（第8章参照）が落ちたのである。そしてジョイス、ピカソ、ストラヴィンスキーらモダニストたちは、全体性への志向と挫折、断片群への埋没あるいは無限への志向を繰り返しながら、スタイルを変え続けていったのだろう。

---

(6)　内田樹、『レヴィナスと愛の現象学』、文春文庫、2011年、83-99頁参照。

各章の基となった論考の初出は、以下の通り。

第1章 『ジェイコブの部屋』をめぐるエスキス
「『ジェイコブの部屋』をめぐるエスキス」
『ワセダ・レビュー』(早大文学研究会) 第43号, pp.50-67. (2010)

第2章 『ダロウェイ夫人』再考：贈与論的試論 (1) ―クラリッサ・ダロウェイ
「『ダロウェイ夫人』再考：贈与論的試論 (1)」
『ワセダ・レビュー』(早大文学研究学会) 第46号, pp.3-16. (2013)

第3章 『ダロウェイ夫人』再考：贈与論的試論 (2) ―セプティマス・ウォレン・スミス
「『ダロウェイ夫人』再考：贈与論的試論 (2)」
『ワセダ・レビュー』(早大文学研究学会) 第47号, pp.3-15. (2015)

第4章 『燈台へ』を読む――他者論的視座から (1)
「『燈台へ』を読む――他者論的視座から (1)」
『東京理科大学紀要 (教養篇)』第25号, pp.107-123. (1993)

第5章 『燈台へ』を読む――他者論的視座から (2)
「『燈台へ』を読む――他者論的視座から (2)」
『東京理科大学紀要 (教養篇)』第26号, pp.97-114. (1994)

第6章 波・リズム・私だけの部屋――『波』と、その文体
「波・リズム・私だけの部屋――ヴァージニア・ウルフの文体について」『英文学』(早稲田大学英文学会) 第68号, pp.73-84. (1992)

第7章　モダニズムと無媒介性に関する覚え書
「モダニズムと無媒介性に関する覚え書」
『東京理科大学紀要（教養篇）』第31号, pp.45-57.（1999）

第8章　ためらいと決断：T. S. エリオット「J・アルフレッド・
プルーフロックの恋歌」とハイデガー『存在と時間』
「ためらいと決断：T. S. エリオット「J・アルフレッド・プルー
フロックの恋歌」とハイデガー『存在と時間』」
『東京理科大学紀要（教養篇）』第45号, pp.33-55.（2013）

　本書を上梓するにあたって、朝日出版社　第7編集部の近藤
千明さん、清水浩一さん、田家昇さんにお世話になりました。
心よりお礼申し上げます。また、カバーデザインにその素敵な
絵を使わせていただいた、画家の小野田維さん、本当にありが
とう。

2022年11月　中谷久一

参考文献

Abel, Elizabeth, *Virginia Woolf and the Fictions of Psychoanalysis* (Chicago: The University of Chicago Press, 1989)

Ackroyd, Peter, *Notes for a New Culture* (London: Alkin Books, 1993)

Bachelor, John, *Virginia Woolf: The Major Novels* (Cambridge: Cambridge University Press, 1991)

Baghramian, Maria, 'Introduction' in Maria Baghramian (ed.) *Modern Philosophy of Language* (London: J. M. Dent, 1998)

Bell, Michael, 'Introduction: Modern Movement in Literature' in Michael Bell (ed.) *The Context of English Literature: 1900-1930* (London: Methuen & Co Ltd., 1980)

Bell, Quentin, *Virginia Woolf: A Biography* (New York: A Harvest/HBJ Book, 1972)

Bergonzi, Bernard, 'The Advent of Modernism' in Bernard Bergonzi (ed.) *History of Literature in the English Literature, vol. 7 The Twentieth Century* (London: Sphere Books, 1970)

Bluemel, Kristin, *Experimenting on the Borders of Modernism: Dorothy Richardson's* Pilgrimage (Athens: University of Georgia Press, 1988)

Bradbury, Malcolm and McFarlane, James (eds.) , *Modernism 1890-1930* (London: Penguin Books, 1991)

Brooker, Peter, 'Introduction: Reconstructions' in Peter Brooker (ed.) *Modrnism/Postmodernism* (London: Longman, 1992)

Daiches, David, 'The Semi-transparent Envelope' in Morris Beja (ed.) *Virginia Woolf:* To the Lighthouse (London: Macmillan, 1970)

de Man, Paul, 'Literary History and Literary Modernity' in *Blindness and Insight* (Minneapolis: University of Minnesota Press, 1983)

Derrida, Jacques, *Of Grammatology*, trans. Gayatri Chakravorty Spivak (Baltimore: Johns Hopkins University press, [1967]1976)

Dick, Susan, *Virginia Woolf,* (London: Edward Arnold, 1989)

Eagleton, Terry, 'Capitalism, Modernism and Postmodernism' in *Against the Grain* (London: Verso, 1988)

Eagleton, Terry, *After Theory* (New York: Basic Books, 2003)

Eliot, T. S., *The Wasteland and Other Poems* (New York: Penguin Books, 1998)

Faulkner, Peter, 'Introduction' in Peter Falkner (ed.) *A Modernist Reader: Modernism in England 1910-1930* (London: Batsford, 1986)

Ferrer, Daniel, *Virginia Woolf and the Madness of Language*, trans. Geoffrey

Bennington and Rachel Bowlby (London: Routledge, 1990)

Fleishman, Avrom, *Virginia Woolf: A Critical Reading* (Baltimore: Johns Hopkins University Press, 1975)

Forster, E. M., 'The Story of a Panic' in *Collected Short Stories* (London: Penguin Books, 1954)

Freedman, Ralph, *The Lyrical Novel: Studies in Herman Hesse, André Gide, and Virginia Woolf* (Princeton: Princeton University Press, 1991)

Gillie, Christopher, *A Preface to Forster* (New York: Longman, 1983)

Gross, John, *Joyce* (Glasgow: Fontana, 1976)

Jameson, Fredric, *Fables of Aggression: Wyndham Lewis, the Modernist as Fascist* (Berkley: University of California Press, 1979)

Josipovici, Gabriel, 'Modernism and Romanticism' in *The World and the Book* (Stanford: Stanford University Press, 1971)

Joyce, James, *Ulysses* (London: Penguin Books, [1922]1986)

Kermode, Frank, 'Modernisms' in *Continuities* (London: Routledge & Kegan Paul, 1968)

Kiely, Robert, '*Jacob's Room* and *Roger Fry*: Two Studies in Still Life' in Eleanor McNees (ed.) *Virginia Woolf: Critical Assessment III* (Mountfield: Helm Information, 1994)

Kundera, Milan, *The Curtain: An Essay in Seven Parts*, trans. Linda Asher (New York: Harper Perennial, 2005)

Large, William, *Heidegger's* Being and Time (Edinburgh: Edinburgh University Press, 2008)

Lawrence, D. H., 'The Prussian Officer' in *The Prussian Officer and Other Stories* (London: Penguin Books, 1995)

Lee, Hermione, *The Novels of Virginia Woolf* (London: Methuen & Co Ltd, 1977)

Lehan, Richard, 'The Theoretical Limits of the New Historicism' in *New Literary History* (Baltimore: Johns Hopkins University Press), Vol.21, No.3, Spring 1990

Levenson, Michael H., *A Genealogy of Modernism: A Study of English Literary Doctrine 1908-1922* (Cambridge: Cambridge University Press, 1984)

Majumdar, Robin, and McLauren, Allen (eds.) *Virginia Woolf: The Critical Heritage* (London: Routledge & Kegan Paul, 1975)

McNichol, Stella, *Virginia Woolf and the Poetry of Fiction* (London: Routledge, 1990)

Meisel, Perry, *The Absent Father: Virginia Woolf and Walter Pater* (New Haven: Yale University Press, 1980)

Meisel, Perry, *The Myth of the Modern: A Study in British literature and*

Criticism after 1850 (New Haven: Yale University Press, 1987)

Miller, J. Hillis, 'Mrs Dalloway: Repetition as the Raising of the Dead' in *Fiction and Repetition* (Cambridge: Harvard University Press, 1982)

Miller, J. Hillis, 'Mr. Carmichael and Lily Briscoe: The Rhythm of Creativity in *To the Lighthous*e' in *Modernism Reconsidered* ed. Robert Kiely (Cambridge: Harvard University Press, 1983)

Minow・Pinkney, Makiko, *Virginia Woolf & the Problem of the Subject*, (New Brunswick: Rutgers University Press, 1987)

Moretti, Franco, 'The Spell of Indecision' in *Signs Taken for Wonders*, trans. Susan Fischer, David Forgacs and David Miller (London: Verso, 1988)

Oser, Lee, 'Prufrock's Guilty Pleasures' in Harold Bloom (ed.) *Bloom's Modern Critical Views: T. S. Eliot—New Edition* (New York: Infobase Publishing, 2011)

Panken, Shirley, *Virginia Woolf and the "Lust of Creation": A Psychoanalytic Exploration* (Albany: State University of New York Press, 1987)

Poggioli, Renato, *The Theory of the Avant-Garde*, trans. Gerald Fitzgerald (London: The Belknap Press of Harvard University Press, 1968)

Potter, Rachel, *Modernist Literature* (Edinburgh: Edinburgh University Press, 2012)

Rose, Phyllis, *Woman of Letters: A Life of Virginia Woolf* (London: Pandora, 1986)

Rosenman, Ellen Bayuk, *The Invisible Presence*, (Baton Rouge: Louisiana State University Press, 1990)

Ruddick, Sara, 'Private Brother, Public World', in Jane Marcus (ed.) *New Feminist Essays on Virginia Woolf* (London: Macmillan, 1981)

Ruotolo, Lucio P., *The Interrupted Moment: A View of Virginia Woolf's Novels* (Stanford: Stanford University Press, 1986)

Shail, Andrew, *The Cinema and the Origins of Literary Modernism* (London: Routledge, 2012)

Showalter, Elaine, 'Odd Women' in *Sexual Anarchy: Gender and Culture at Fin de siècle* (London: Penguin Books, 1990)

Warner, Eric, *Virginia Woolf: The Waves* (Cambridge: Cambridge University Press, 1987)

Williamson, George, *A Reader's Guide to T. S. Eliot*, (New York: The Moonday Press, 1953)

Winkiel, Laura, *Modernism: the basic*s (New York: Routledge, 2017)

Woolf, Virginia, *Jacob's Room* (Oxford: Oxford University Press, [1922] 1992)

Woolf, Virginia, *Mrs Dalloway* (Oxford: Oxford University Press, [1925]

2000）

Woolf, Virginia, *To the Lighthouse*（Oxford: Oxford University Press,［1927］1992）

Woolf, Virginia, *A Room of One's Own*（St Albans: Granada Publishing Ltd.,［1929］1977）

Woolf, Virginia, *The Waves*（Oxford: Oxford University Press,［1931］1992）

Woolf, Virginia, *The Captain's Death Bed and Other Essays*（New York: A Harvest/HBJ Book,［1950］1978）

Woolf, Virginia, *Moments of Being*, ed. Jeanne Schulkind（London: Grafton Books,［1976］1989）

Woolf, Virginia, *The Letters of Virginia Woolf（1888-1941）*, 6 vols., eds. Nigel Nicolson and Joanne Trautman（London: The Hogarth Press, 1975-80）

Woolf, Virginia, *The Diary of Virginia Woolf（1915-1941）*, 5 vols., eds. Anne Olivier Bell and Andrew McNeillie（London: The Hogarth Press, 1977-84）

Woolf, Virginia, *The Essays of Virginia Woolf（1904-1941）*, 6 vols., eds. Andrew McNellie and Stuart N. Clarke（London: The Hogarth Press and London: Chatto & Windus, 1986-2011）

Žižek, Slavoj, 'On the Other' in *For They Know Not What They Do: Enjoyment as a Political Factor*（London: Verso, 1991）

Zwerdling, Alex, '*Jacob' Room*: Woolf' s Satiric Elegy' in *Virginia Woolf and the Real World*（Berkley: University of California Press, 1986）

アウエルバッハ、E、『ミメーシス―ヨーロッパ文学における現実描写（下）』、篠田一士・川村二郎訳、筑摩書房、1967 年

浅田彰、『ヘルメスの音楽』、筑摩書房、1985 年

東浩紀、『存在論的、郵便的：ジャック・デリダについて』。新潮社、1998 年

荒川洋治、『詩とことば』、岩波書店、2004 年

今村仁司編、『現代思想を読む事典』、講談社現代新書、1988 年

今村仁司、『貨幣とは何だろうか』、ちくま新書、1994 年

今村仁司、『交易する人間：贈与と交換の人間学』、講談社選書メチエ、2000 年

エリオット、T. S.、『荒地』、岩崎宗治訳、岩波文庫、2010 年

内田樹、『ためらいの倫理学』、角川文庫、2003 年

内田樹、『街場のメディア論』、光文社新書、2010 年

内田樹、『レヴィナスと愛の現象学』、文春文庫、2011 年

ウルフ、ヴァージニア、『若き詩人への手紙』、大沢実訳、南雲堂、1957 年

大澤真幸、『〈不気味なもの〉の政治学』、新書館、2000 年

大澤真幸、『不可能性の時代』、岩波新書、2008 年

長田弘、『なつかしい時間』、岩波新書、2013 年

オルテガ・イ・ガセット、『大衆の反逆』、岩波文庫、2020 年

加藤英治、『ロレンス文学のアクチュアリティー』、旺史社、1998 年

金谷武洋、『英語にも主語はなかった：日本語文法から言語千年史へ』、講
　　談社選書メチエ、2004 年

カミュ、アルベール、『シーシュポスの神話』、清水徹訳、新潮文庫、1969
　　年

柄谷行人、『反文学論』、講談社学術文庫、1991 年

柄谷行人、『探求Ⅰ』、講談社学術文庫、1992 年

カーン、スティーヴン、『時間の文化史』、浅野敏夫訳、法政大学出版局、
　　1993 年

木田元、『反哲学入門』、新潮文庫、2010 年

木村敏、『分裂病と他者』、弘文堂、1990 年

クリステヴァ、ジュリア、『ポリローグ』、赤羽研三他訳、白水社、1986
　　年

クンデラ、ミラン、『裏切られた遺言』、西永良成訳、集英社、1994 年

佐久間寛、「交換、所有、生産─『贈与論』と同時代の経済思想」、『マル
　　セル・モースの世界』所収、平凡社新書、2011 年

桜井英治、『贈与の歴史学：儀礼と経済のあいだ』、中公新書、2011 年

桜井哲夫、『戦争の世紀』、平凡社新書、1999 年

シクロフスキー、Ⅴ、『散文の理論』、水野忠夫訳、せりか書房、1971 年

篠田一士、『邯鄲にて』、小沢書店、1986 年

トドロフ、ツヴェタン、『批評の批評─研鑽のロマンス』、及川馥・小川文
　　生訳、法政大学出版局、1991 年

ドゥルーズ、ジル、『記号と事件─1972-1990 の対話』、宮林寛訳、河出書
　　房新社 1992 年

轟孝夫、『ハイデガー「存在と時間」入門』、講談社現代新書、2017 年

ド・フリース、アト、『イメージ・シンボル事典』、山下圭一郎他訳、大修
　　館書店、1984 年

沼野雄司、『現代音楽史：闘争しつづける芸術のゆくえ』、中公新書、2021
　　年

ハイデガー、マルティン、『存在と時間』（上・中・下）、桑木務訳、岩波
　　文庫、1960 年、1961 年、1963 年

ハイデッガー、マルティン、『「ヒューマニズム」について』、渡邉二郎訳、
　　ちくま学芸文庫、1997 年

ハイデッガー、マルティン他、『ハイデッガー　カッセル講演』、後藤嘉也
　　訳、平凡社ライブラリー、2006 年

参考文献

バルト、ロラン、『S/Z』、沢崎浩平訳、みすず書房、1973 年

フォン・クロコウ、クリスティアン・グラーフ、『決断：ユンガー、シュ
ミット、ハイデガー』、高田珠樹訳、柏書房、1999 年

富士川義之、『風景の詩学』、白水社、1983 年

ヘーゲル、G. W. F.、『美学講義（中）』、長谷川宏訳、作品社、1996 年

ホフマンスタール、『チャンドス卿の手紙他十篇』、桧山哲彦訳、岩波文
庫、1991 年

松葉祥一、「戦争・速度・民主主義」、『現代思想』2002 年 1 月号所収、青
土社

三浦雅士、『身体の零度：何が近代を成立させたか』、講談社、1994 年

村上隆夫、『ベンヤミン』、清水書院、1990 年

村上春樹、『ノルウェイの森（下）』、講談社、1987 年

モース、マルセル、『贈与論』、吉田禎吾・江川純一訳、ちくま学芸文庫、
2009 年

養老孟司、『遺言。』新潮新書、2017 年

養老孟司、『AI 支配でヒトは死ぬ。：システムから外れ、自分の身体で考
える』、ビジネス社、2021 年

レイン、グレイグ、『T. S. エリオット：イメージ、テキスト、コンテキス
ト』、山形和美、彩流社、2008 年

レヴィナス、エマニュエル、『時間と他者』、原田佳彦訳、法政大学出版
局、1986 年

鷲田清一、『「ぐずぐず」の理由』、角川選書、2011 年

渡辺裕、『マーラーと世紀末ウィーン』、岩波現代文庫、2004 年

索引

和文人名索引

欧文人名索引

著者紹介

英米文学、特に英国モダニズムを研究。論文は、本書に収めたもの以外に、「Thomas Hardy と Modernism、あるいは Modernism から Thomas Hardy へ」、「『痛ましい事件』―ダンディズムの一変種」など。共訳書に『図解英和大辞典』（マクミラン・ランゲージハウス）、教材に *Extraordinary Stories Behind Everyday Things*（Cengage Learning）などがある。

モダニズムの軌跡

2022年11月30日　初版発行

著　者	中谷久一
発行者	原　雅久
発行所	株式会社 朝日出版社

101-0065 東京都千代田区西神田 3-3-5
電話 （03）3263-3321（代表）
DTP：株式会社フォレスト
印刷：図書印刷株式会社